❃ SE VOCÊ PUDESSE ❃
SER MINHA

SE VOCÊ PUDESSE SER MINHA

A História de um Amor Proibido

SARA FARIZAN

Tradução
VIVIAN MIWA MATSUSHITA

Título do original: *If You Could Be Mine*.

Copyright © 2013 Sara Farizan.

Publicado mediante acordo com Algonquin Books of Chapel Hill, uma divisão da Workman Publishing Company, Inc., Nova York.

Copyright da edição brasileira © 2016 Editora Pensamento-Cultrix Ltda.

Texto de acordo com as novas regras ortográficas da língua portuguesa.

1ª edição 2016.

Todos os direitos reservados. Nenhuma parte desta obra pode ser reproduzida ou usada de qualquer forma ou por qualquer meio, eletrônico ou mecânico, inclusive fotocópias, gravações ou sistema de armazenamento em banco de dados, sem permissão por escrito, exceto nos casos de trechos curtos citados em resenhas críticas ou artigos de revistas.

A Editora Jangada não se responsabiliza por eventuais mudanças ocorridas nos endereços convencionais ou eletrônicos citados neste livro.

Esta é uma obra de ficção. Todos os personagens, organizações e acontecimentos retratados neste romance são produtos da imaginação do autor e usados de modo fictício.

Editor: Adilson Silva Ramachandra
Editora de texto: Denise de Carvalho Rocha
Gerente editorial: Roseli de S. Ferraz
Preparação de originais: Alessandra Miranda de Sá
Produção editorial: Indiara Faria Kayo
Editoração eletrônica: Join Bureau
Ilustração: Projetado por Freepik
Revisão: Nilza Agua

Dados Internacionais de Catalogação na Publicação (CIP)
(Câmara Brasileira do Livro, SP, Brasil)

Farisan, Sara
   Se você pudesse ser minha : a história de um amor proibido / Sara Farisan ; tradução Vivian Miwa Matsushita. – São Paulo : Jangada, 2016.

   Título original : If you could be mine
   ISBN 978-85-5539-046-3

   1. Ficção norte-americana 2. Lésbicas – Ficção I. Título.

16-01993	CDD-813

Índices para catálogo sistemático:
1. Ficção : Literatura norte-americana   813

Jangada é um selo editorial da Pensamento-Cultrix Ltda.

Direitos de tradução para o Brasil adquiridos com exclusividade pela
EDITORA PENSAMENTO-CULTRIX LTDA., que se reserva a
propriedade literária desta tradução.
Rua Dr. Mário Vicente, 368 – 04270-000 – São Paulo, SP
Fone: (11) 2066-9000 – Fax: (11) 2066-9008
http://www.editorajangada.com.br
E-mail: atendimento@editorajangada.com.br
Foi feito o depósito legal.

❇ Para meus pais, por sempre me
amarem como eu sou.

1

Nasrin puxou meu cabelo quando eu disse que não queria brincar com suas bonecas. Eu queria jogar futebol com os garotos da vizinhança. Às vezes eles não me deixavam jogar porque eu era menina, mas não podiam negar que eu era veloz, ou o fato de que marquei um gol no maior garoto em campo. Nasrin puxou meu cabelo e disse:

– Sahar, você vai brincar comigo porque você é minha. Só minha.

Foi então que eu me apaixonei por ela.

Tínhamos 6 anos. Não usávamos véu naquela época. Éramos garotinhas, não "prostitutas da Babilônia", alvo do escrutínio de qualquer babaca com barba. Nasrin tem o cabelo mais escuro e comprido, mas ele nunca fica embaraçado ou despenteado, como o meu, sob o *roosari*.[1] Sempre acho que não faz diferença deixar meu cabelo com uma aparência decente se preciso cobri-lo na escola, mas Nasrin está sempre domando seus cachos – secando-os, passando mousse, às vezes até alisando-os. Não importa o que ela faça com o cabelo, será sempre a garota mais bonita que já vi.

Esconder o que sinto por ela é difícil. Teerã não é exatamente um lugar seguro para duas garotas apaixonadas. Quando olho para Nasrin, eu me pergunto se as pessoas conseguem perceber que eu a amo – no parque, no bazar enquanto compramos sutiãs, em qualquer lugar. Como posso não olhar? Mesmo aos 6 anos eu queria me casar com ela. Contei para minha mãe quando voltei para casa depois de brincar com Nasrin, que morava numa casa próxima ao nosso prédio. Mamãe sorriu e disse que eu não poderia me casar com Nasrin porque era *haraam*, pecado, mas poderíamos ser melhores amigas para sempre. Mamãe me disse para não falar novamente sobre querer me casar com Nasrin, mas eu só pensava nisso.

Pensei em me casar com ela quando tínhamos 10 anos e Nasrin chorou por eu ter ficado menstruada antes dela. Pensei em me casar com Nasrin quando tínhamos 13 anos e ela me ensinou a passar rímel. Pensei em me casar com Nasrin quando finalmente nos beijamos, na boca, como Julia Roberts e Richard Gere em *Uma Linda Mulher*. É um filme bobo, mas Nasrin sempre me faz assistir com ela. Ganhamos o DVD de Ali, meu primo mais velho. Ele está na faculdade e conhece todas as coisas legais, mas tira notas horríveis. Não gosto do fato de o filme ser dublado; as vozes não estão sincronizadas com os

---

[1] Véu. (N. da T.)

lábios dos atores. E Julia Roberts tem lábios grandes. Ela conseguiria enfiar um *kabob barg*[2] inteiro na boca, se quisesse. Faz três meses que Nasrin e eu nos beijamos. Embora eu tenha 17 anos agora, me senti como se tivesse 6 anos novamente e ela puxasse meu cabelo.

Estamos sempre juntas, então acho que ninguém desconfiará que Nasrin e eu estamos apaixonadas. Mas ela se preocupa, o tempo todo. Digo para ela que ninguém vai descobrir, que eu a protegerei, mas quando nos beijamos, posso sentir sua tensão. Ela continua pensando nos dois garotos que foram executados há alguns anos em Mashhad. Eles foram enforcados depois de terem sido acusados de estuprar um menino de 13 anos, mas a maioria das pessoas acha que os dois eram amantes que foram pegos no flagra. Eu me lembro do vídeo do enforcamento, que meu primo Ali baixou para mim. Não sei como o Ali consegue fazer todas essas coisas e não ser pego, mas eu também nunca perguntaria. Quando assisti ao vídeo, não estava assustada, mas fiquei furiosa. Eles eram tão jovens, tinham apenas 16 e 18 anos, estavam vendados, um ao lado do outro na praça, com a corda em volta do pescoço. Senti meu pescoço coçar enquanto eles eram lentamente içados. Qualquer que tenha sido o crime que eles tenham cometido, não queria fazer parte daquilo. Queria parar de amar Nasrin, mas como deixamos de fazer algo que sabemos que devemos fazer?

Nasrin continua me falando:

– Não somos lésbicas, estamos apenas apaixonadas.

Eu nunca nem pensei sobre ser gay; tudo que sei é que amo Nasrin mais do que qualquer pessoa. Nasrin costumava se

---

[2] Espetinho de carne de carneiro, frango ou vaca. (N. da T.)

divertir com nossas colegas de classe, falando sobre os garotos da escola vizinha, mas eu nunca me juntava a elas. Por que deveria me importar se Hassan deixou crescer um bigode que parecia com um filhote de lagarta? Não mudaria o fato de que estou apaixonada pela minha melhor amiga. Não faria com que meu *Baba*[3] parasse de chorar, desejando que minha mãe não tivesse morrido tantos anos atrás. Não mudaria o fato de que eu precisei aprender a cozinhar, e que meus *khoresh*[4] nunca serão tão bons quanto os da mamãe, mesmo que *Baba* diga que são deliciosos. Eu sentia falta dela às vezes, mas agora fico apenas ressentida por ela não estar aqui.

Eu me acostumei com os grandes períodos de silêncio de *Baba*. Às vezes ele fica sem falar por dois dias, mas quando sai de qualquer transe em que se encontrava, está de bom humor e finge que nada aconteceu. Não sou médica, mas acho que ele está com depressão. Gostaria que ele saísse dessa.

Nasrin está no meu quarto, pintando as unhas, enquanto finjo fazer minha tarefa de ciências. Tenho estudado bastante para as provas que determinam em que universidade você pode ingressar e em que área. Cerca de 1,5 milhão de estudantes prestam o exame todo ano em junho, e apenas 150 mil tiram notas aceitáveis. O desempenho do estudante no exame é tudo que importa. A nota média não significa nada, algo que Nasrin sempre me faz lembrar quando tiro uma nota menos que perfeita num teste sobre conhecimentos islâmicos. Estamos em setembro agora, e eu já sinto a ansiedade. Quero entrar na

---

[3] Termo honorífico persa para se referir ao pai, avô ou um homem mais velho e sábio. (N. da T.)

[4] Termo genérico usado para se referir a ensopados da culinária persa. (N. da T.)

Universidade de Teerã e cursar medicina, que é basicamente o sonho de todo estudante, mas acho que realmente tenho uma chance. Nasrin, por outro lado...

– Você está me encarando de novo – diz Nasrin. Ela tira os olhos das unhas e sorri para mim. Eu baixo o olhar para o meu livro e espero que meu rosto não esteja vermelho, como em todas as outras vezes que Nasrin me pega observando-a.

– Você não tem lição de casa? – eu pergunto.

Nasrin apenas assopra as unhas e revira os olhos.

– Não sou um gênio como você, Sahar. Vou mudar para a Índia e ser atriz de Bollywood.

Ela se levanta e começa a executar uma de suas coreografias de dança indiana. Nasrin é uma excelente dançarina, e se reúne com um grupo de garotas da escola para praticar. Elas me fazem filmá-las enquanto apresentam danças persas, árabes ou qualquer coreografia em que tenham trabalhado. Minha favorita foi quando dançaram ao som de Ne-Yo. Cantores afro-americanos fazem um som melhor do que qualquer coisa, embora eu tenha receio de dizer isso na frente de Nasrin, pois ela gosta muito de música pop persa.

Se ela dedicasse aos estudos o mesmo tempo que passa dançando, talvez pudéssemos entrar para a mesma universidade, mas eu sei que isso não vai acontecer. Agora que estamos ficando mais velhas, temos apenas mais alguns anos de convivência. As coisas vão mudar. Nasrin terá muitos pretendentes. Os homens farão fila no quarteirão da casa dela. Todos os bem-nascidos de Teerã virão à casa da família de Nasrin, trajando seus melhores ternos.

Os pretendentes tomarão chá com os pais de Nasrin e explicarão que podem proporcionar a ela uma vida boa, seja qual for o emprego importante e enfadonho que tenham. Os pais de Nasrin escolherão o melhor homem para ela, o que significa aquele com mais dinheiro. Nasrin vem de uma boa família e eles têm dinheiro também, então ela se casará com o melhor pretendente que houver. Eu não sou a melhor opção. Sou uma garota estranha, com seios tão grandes que às vezes acho que vão me fazer emborcar no chão por causa do peso deles. Eu não sei quando vou perdê-la, mas isso vai acontecer, e não sei se conseguirei lidar com isso.

Nasrin termina sua dança e a expressão dela muda quando vê a minha.

– Qual o problema, Sahar *joon*?[5] – ela diz. Nasrin sempre foi capaz de ler minhas emoções, mesmo quando ela não quer.

– Gostaria de poder ficar neste quarto para sempre – eu respondo. Ela faz uma careta.

– Você não sentiria falta de ar fresco? Os raios do sol em seu rosto?

– A polícia da moralidade reclamando que você não está usando seu véu da maneira adequada? – Eu sempre sigo as normas, mas Nasrin parece não dar a mínima. Ela está sempre passando dos limites, com a maior parte do cabelo à mostra o tempo todo e uma pequena echarpe pendurada na ponta do rabo de cavalo. Nasrin se senta perto de mim e pega a minha mão.

– Não podemos morar aqui para sempre. Além do mais, nunca há nada para comer no seu quarto. – Nós duas damos risada e ela brinca com o meu cabelo.

---

[5] "Querida", em persa no original. (N. da T.)

– Eu quero me casar com você – eu digo, e Nasrin me olha com uma expressão triste que faz eu me sentir desamparada e patética.

– Eu sei que você quer, *azizam*.[6] Já falamos sobre isso.

– Podíamos fugir! – imploro a ela. Eu iria para qualquer lugar que ela quisesse.

– Chegaríamos a Karaj e depois? Sahar, fala sério!

Minha família não é tão bem de vida como a de Nasrin, então eu não poderia sustentá-la ou mesmo comprar para ela uma passagem de ônibus até a Turquia. Quando eu for uma médica rica, vou comprar para Nasrin todas as coisas com as quais ela está acostumada. Talvez até lá eu simplesmente a tranque numa cabana num vilarejo, para que nenhum homem jamais a tenha. Eu arranjaria ovelhas para vigiá-la, e elas baliriam para qualquer um que se aproximasse. Conhecendo Nasrin, ela provavelmente criaria coreografias com as ovelhas e postaria na internet um vídeo de suas apresentações.

– Vou encontrar um jeito de ficarmos juntas. – Eu olho em seus olhos, para que ela saiba que estou falando sério.

Ela morde o lábio inferior, um costume que tem desde pequena, e carinhosamente puxa meu cabelo.

– Estamos juntas agora, Sahar. Não vamos perder tempo com coisas impossíveis.

Coisas impossíveis... Às vezes fico tão zangada que tenho vontade de tirar meu *roosari* e correr no meio da rua como uma louca, meus cabelos esvoaçando atrás de mim, esperando até Nasrin vir puxá-los. Eu vejo como Ali é com seus namorados – eles são muito carinhosos quando estão juntos, mas estão sempre

---

[6] "Minha querida", em persa no original. (N. da T.)

se escondendo. Ali está sempre de namorado novo, mas trata os homens como se fossem brinquedos dos quais, com o tempo, se cansará. Ali me apresenta os cavalheiros como seus namorados, mas geralmente eles parecem nervosos e dão risada como se Ali fosse louco. Dizem que são colegas de classe de Ali, mas eu sei que ele nunca ligou muito para a faculdade, e tenho quase certeza de que meu primo só está pensando em estudar anatomia quando eles aparecem. Ali é estudante de engenharia.

Não falei para Ali sobre Nasrin e eu. Embora Ali tenha me contado que é gay, nós nunca conversamos a respeito disso. Eu me lembro de mamãe me dizendo para não falar sobre esse assunto com ninguém. Então eu não falei. No entanto, quando está comigo, Ali age como se aquilo não fosse grande coisa, o que eu não entendo. Em público, tudo é segredo, é claro. Eu nem mesmo sei onde ele arranja os namorados. Uma parte de mim não quer saber. Não quero nem pensar no que aconteceria se Ali fosse pego. Isso mataria minha tia e meu tio em Tabriz; os dois mandam um monte de dinheiro para a "educação" de Ali, enquanto ele vagabundeia por aí, fumando *shisha*[7] e jogando gamão. Existem coisas sobre Ali que eu não entendo, mas gosto do fato de ele não ter me olhado com tristeza quando minha mãe morreu. Ele me tratou da maneira de sempre, me dando um empurrão com os quadris e uma piscadela.

Eu penso em contar para Ali sobre Nasrin, porque está ficando difícil não falar sobre como me sinto. Quero gritar que

---

[7] Cachimbo usado por povos orientais; consiste de um tubo comprido e flexível, de um recipiente onde se queima o tabaco e um vaso com água perfumada através do qual o fumo é aspirado; também conhecido como narguilé. (N. da T.)

eu a amo muito, para qualquer um que queira me ouvir, mas às vezes me sinto idiota até por dizer "Eu te amo" para Nasrin. Eu sei que ela me ama, mas de vez em quando não consigo acreditar que ela possa ter os mesmos sentimentos com relação a *mim*. Acho que ela talvez só não queira me magoar.

– Talvez, quando eu entrar na faculdade, a gente possa conseguir um apartamento – eu digo, e Nasrin levanta uma sobrancelha. Eu sei. Foi uma ideia idiota.

– Você acha que meus pais vão me deixar sair de casa? Antes de me casar?

– Você moraria comigo. Eu manteria os garotos longe – eu digo com uma careta. Ela se inclina em minha direção. Seu perfume tem aroma de jasmim e baunilha. Ela é muito cruel. Eu poderia morrer por causa disso. A boca de Nasrin está perto da minha orelha e eu acho que ela sabe o quanto está sendo deliciosamente perversa.

– Se meus pais soubessem como você é endiabrada, eles me trancariam na prisão de Evin, por lascívia – ela diz, leviana, e eu sorrio, mas isso poderia muito bem ser verdade. Embora eu não consiga imaginar os pais de Nasrin expondo a filha a qualquer tipo de perigo. Eles a mimaram desde o nascimento; ela tem dois irmãos e é a caçula da família. Os pais dela sempre foram amáveis comigo, mas eu acho que eles agem assim porque querem que eu me case com Dariush, o irmão mais velho de Nasrin. Uma família como a de Nasrin normalmente procuraria moças de família abastada para um casamento, mas Dariush não tem muitas perspectivas. Ele ameaçou se matar alguns anos atrás por causa de uma garota que não quis se casar com ele. O pai dela disse que Dariush não estava à altura da filha porque ele é mecânico. Os pais de Nasrin, o senhor e a senhora Mehdi, não tiveram filhos que satisfizessem suas expectativas.

O senhor Mehdi é um proeminente exportador de pistache para mercados estrangeiros, e é justo dizer que ele é louco por nozes. Sua esposa vem de uma família que fez fortuna com a exploração de petróleo durante o governo do xá, embora não admita isso. Eles esperavam que os filhos fossem altos executivos ou médicos engajados na cura do câncer. Mas eles receberam tudo de bandeja – aniversários felizes, roupas bonitas e brinquedos de última geração –, então não se sentiram incentivados a tentar fazer coisa nenhuma.

Cyrus, o filho do meio, espera suceder o pai nos negócios e não é preguiçoso, mas ele também não é muito esperto. Dariush é um espírito livre, mais interessado em aprender como tocar Cat Stevens no violão do que em ganhar a vida. O único objetivo de Nasrin nos últimos anos é adquirir o máximo de pares de sapatos que puder.

Para o senhor e a senhora Mehdi, eu sou a filha que sempre sonharam em ter e também o exemplo que querem que os filhos sigam. Sou estudiosa, cuido do meu pai, cozinho e limpo a casa. Sou educada nos momentos em que, às vezes, Nasrin é muito arrogante. Não acho justo quando eles comparam Nasrin comigo, e às vezes acho que Nasrin se ressente disso. Nós nunca discutimos a respeito. Se eles soubessem do relacionamento que eu e Nasrin temos, não sei se ficariam mais desapontados comigo ou com a própria filha.

Eu prendo uma mecha de cabelo atrás da orelha de Nasrin. Ela sorri e beija o meu nariz. Odeio quando ela faz isso. Ela sabe que eu não gosto e está apenas sendo dura comigo hoje por causa do meu otimismo exagerado. Eu me pergunto se Nasrin seria mais aberta sobre nosso relacionamento se não morássemos no Irã. Talvez fosse medrosa do mesmo jeito, mas por motivos diferentes. Ela sempre foi a mais escandalosa, mas tem medo das coisas mais bobas. Coisas como aranhas, dentista ou não ter o casaco da moda. Ela aperta minha mão quando está com medo e ultimamente parece que minha mão já mostra os primeiros sinais de artrite.

Eu me inclino e beijo Nasrin nos lábios. Ela corresponde ao beijo com urgência, e eu sei com certeza que nenhum homem ou nenhuma mulher jamais vai me fazer sentir do mesmo jeito. Se isso significa que sou gay, então que seja.

Às vezes, quando Nasrin e eu nos beijamos, os rostos dos aiatolás Khomeini e Khamenei surgem na minha cabeça. Quando eu era pequena, achava que fossem a mesma pessoa, porque o nome deles é parecido, vestem o mesmo tipo de traje – uma túnica clerical e um turbante – e ambos têm barba grisalha e comprida. Khomeini, já falecido, tornou-se o Líder Supremo após a revolução. Eu ainda não tinha nascido, mas aparentemente o Irã era bem diferente. Havia um rei e as garotas podiam usar minissaia, e essa é a única coisa que importa para Nasrin sobre aquela época, porque parece glamouroso. Na escola, ensinam para a gente que Khomeini trouxe a justiça e a vontade de Deus para o povo, e que o país prospera mais agora do que sob o governo do xá. Não sei se acredito nisso.

As fotos dos aiatolás estão por toda parte. No shopping center, nos pequenos estabelecimentos, em restaurantes, parques, rodovias... e, quando beijo Nasrin, sinto como se eles estivessem me observando. Não sei se é para incutir nos cidadãos um sentimento de orgulho ou se é para nos assustar e evitar que questionemos nosso governo. Penso em Khomeini como meu "Vovô Zangado" e em Khamenei, o atual Líder Supremo, como meu "Vovô Decepcionado". Toda vez que penso em Nasrin em público ou na escola, sinto os olhos deles em mim. Vovô Zangado é o mais crítico. Sua testa se franze como se ele soubesse exatamente o que eu sou: uma degenerada.

O aiatolá Khomeini morreu há trinta anos, mas é como se ele ainda estivesse entre nós. Ele sempre é mencionado nos noticiários. Em seus discursos à nação, Khamenei fala sobre ele com grande reverência, e Khomeini é retratado como o pai da nação. Quando não concordam com isso, as pessoas geralmente seguram a língua. Aqueles que não seguram... Bem, isso torna a vida dessas pessoas bem mais difícil. Temos um feriado nacional para celebrar a memória de Khomeini. Algumas pessoas fazem peregrinação de lugares bem distantes para visitar o túmulo do aiatolá e receber uma refeição gratuita oferecida nesse dia aos peregrinos. A maioria das pessoas em Teerã tenta deixar a cidade para visitar o mar Cáspio.

Nasrin coloca a língua na minha boca e isso me faz esquecer o Vovô Zangado por um momento. Ela passa os dedos pelo meu cabelo embaraçado e eu beijo seu pescoço, tomando cuidado para não deixar marca. Nós sempre somos cuidadosas, e agir assim é exaustivo, mas não sabemos fazer de outra forma. Ouvimos uma batida na porta e nós duas nos sobressaltamos, afastando-nos uma da outra.

– Sim? – eu digo com minha voz mais calma enquanto Nasrin olha para um de seus livros pela primeira vez nesta tarde toda.

– Sahar *joon*, vocês gostariam de um pouco de *chai*?[8] – meu pai pergunta do outro lado da porta. Essa é a maneira dele de pedir chá para si mesmo, mas é adorável que ele tenha pensado em oferecer, embora nós dois saibamos que eu sou a melhor em preparar essa bebida para que ela fique com uma cor intensa e escura. Ele coloca folhas demais ou folhas de menos. *Baba* é péssimo na cozinha, mas um bom homem.

– Já vou fazer, *Baba*!

Nasrin está guardando suas coisas. Eu odeio quando ela vai embora. É como se um lutador estivesse espremendo meus pulmões.

– Você precisa ir? – Eu sei a resposta.

– Uma hora eu tenho que ir pra casa. Não se preocupe. Talvez eu volte, *se* estiver a fim – ela diz com um sorriso travesso.

Fico com medo de que um dia ela não esteja mais a fim. É o que eu mais temo. Mais do que a prisão, mais do que a polícia, mais do que *Baba* me expulsando de casa e mais do que não conseguir entrar na faculdade de medicina. Se eu perdesse Nasrin, não saberia o que fazer da vida. Ela coloca o véu, frouxo e arrumado como se ela não tivesse respeito pela lei, e me dá um beijo na bochecha.

– Por que você não é um homem, Sahar? – ela pergunta séria.

Eu dou de ombros e ela se vira e vai embora. Eu me olho no espelho, para me certificar de que minhas bochechas não estão muito coradas, antes de servir o jantar a *Baba*. Ele nunca percebe, mas precaução nunca é demais. Eu sou sempre cuidadosa.

---

[8] Uma mistura de chá preto, mel, especiarias e leite. (N. da T.)

Na cozinha, *Baba* senta-se à mesa e me observa com uma expressão vazia enquanto eu coloco a chaleira no fogo e encho um prato com sobras. Coloco a comida no forno e me sento em frente a *Baba*, esperando o prato esquentar. Ele sorri para mim, mas é sempre a mesma expressão triste. Eu o faço se lembrar de mamãe e seu coração se parte de novo e de novo e de novo. Ele diz que eu tenho os mesmos olhos grandes e expressivos dela.

– Quando foi que você ficou tão grande, Sahar? – *Baba* pergunta calmamente.

Eu quero responder, "Enquanto você dormia por toda a sua vida", mas não faço isso. Meu pai é carpinteiro e trabalha construindo coisas, na maior parte do tempo fazendo móveis. Quando mamãe era viva, ele fazia as mobílias mais bonitas. Baús de enxoval para a noiva no dia de seu casamento, cadeiras e mesas que os bem-nascidos encomendavam. Agora, seus móveis sempre têm alguma imperfeição.

– Não sou tão grande, *Baba*. Você ainda é mais alto do que eu.

Baba sorri e passa a mão pelos cabelos grisalhos. Ele envelheceu tão rápido… O senhor Mehdi não aparenta ter envelhecido desde que Nasrin e eu éramos pequenas, mas *Baba* poderia se passar por meu avô.

– Está estudando bastante? – Ele sabe que estou. Mas não temos muitos assuntos sobre os quais conversar.

– Sim. Queria fazer logo o exame, assim poderia saber o meu futuro – eu digo, já nervosa com as provas de matemática que me aguardam em junho.

Seu olhar experiente me deixa tímida de repente.

– Ninguém conhece o futuro – *Baba* diz. – Qualquer um que acha que conhece está enganado. Lembre-se disso, minha querida.

Permanecemos calados por um minuto antes de eu decidir pôr a mesa. Às vezes acho que deveria reservar um lugar para mamãe, porque ela está presente em toda parte.

Eu me sinto culpada por desejar que não estivesse.

2

O senhor Mehdi convidou a mim e a meu pai para jantar, e quando, a semana toda, eu perguntei a Nasrin o motivo do convite, ela não quis me dizer. Ela mudava de assunto imediatamente. É impossível fazer Nasrin contar qualquer coisa quando ela não quer. Está escondendo algo de mim. Ela nunca fez isso antes.

Baba coloca seu melhor terno. Ele é bonito apesar de sua aparência envelhecida. Pedi para ele conversar com o senhor Mehdi sobre esportes, já que o anfitrião odeia qualquer menção à política. *Baba* não tem muito assunto para conversar, mas eu me asseguro de que ele só fale sobre esportes.

Estou com meu vestido *pink* sob um manto, um fino tecido que cumpre sua função de cobrir meus braços nus e meus tornozelos. O vestido *pink* é o favorito de Nasrin, então não me importo, mas odeio usar salto alto. Não sei quem os inventou, mas essa pessoa deveria ser desfigurada em praça pública com uma tesoura de tosquiar ovelhas. Meu vestido tem um decote em V que mostra um pouco os seios, mas não é tão exagerado a ponto de me fazer passar por uma mulher fácil. Os decotes cavados dos vestidos de Nasrin podem fazê-la parecer fácil, o que me causa desconforto. Má reputação pode ser fatal.

Quando aperto a campainha, não demora muito para a senhora Mehdi abrir o portão e nos dar as boas-vindas de braços abertos.

— Nasrin! Nossos convidados favoritos estão aqui! — ela grita e me abraça.

Ela me abraça bem apertado, o que significa que está muito animada. Eu trouxe alstroemérias cor de laranja para a senhora Mehdi, simbolizando amizade e devoção, mas as flores parecem estar começando a murchar.

— *Salam,*[9] *Mehdi khanum*[10] — *Baba* diz com toda a formalidade.

Depois de me abraçar, a senhora Mehdi nos conduz para dentro de casa. A maioria das pessoas em Teerã vive em prédios de apartamentos novos, mas os Mehdi têm essa casa antiga. É tipicamente persa, com grandes colunas e uma entrada proeminente como a de uma mesquita, mas o estilo de decoração do interior é bem ocidental, com mobília moderna. Os Mehdi têm até uma piscina, cercada por algumas cerejeiras. Eu nunca me mudaria dessa casa.

---

[9] Forma de cumprimento usada nos países árabes. (N. da T.)
[10] Mulher de posição social elevada. (N. da T.)

Quando entramos na sala de estar, todos se levantam e eu sorrio para Dariush e Cyrus. Procuro por Nasrin, mas não consigo encontrá-la. O senhor Mehdi acena calorosamente para mim. Muitos dos tios, primos e familiares de Nasrin estão presentes. Há outras pessoas que eu não reconheço, mas tenho certeza de que são amigos do senhor Mehdi.

Soraya, a empregada dos Mehdi, pega as flores que eu trouxe e nos oferece chá. Há bebidas alcoólicas numa mesa ao lado, cerveja Efes da Turquia e vodca. Os Mehdi sempre contrabandearam álcool, mas nunca perguntei a Nasrin como fazem isso. Nós recusamos o chá, mas eu sorrio para Soraya em agradecimento. Ela está na casa dos 60 anos e a filha dela, Sima, que tem mais ou menos a idade de Dariush, frequenta a Universidade de Teerã, para o desgosto dos Mehdi. Sima foi criada no mesmo ambiente que os filhos dos donos da casa, mas deveria ter se tornado empregada doméstica, como a mãe. Sempre admirei Sima e seu empenho nos estudos, e nós nos damos bem. Nasrin costumava sentir ciúme, o que me deixava contente de uma maneira estranha.

Soraya e Sima vieram do Afeganistão e Soraya tem um sotaque do qual as pessoas às vezes zombam nas festas, mas eu nunca faço isso. Meu pai tem um leve sotaque turco, pois ele é de Tabriz, mas isso não me deixa constrangida, embora as crianças às vezes zombem do sotaque de Tabriz. Eu cumprimento Soraya e ela abre um largo sorriso. Mesmo lhe faltando três dentes, é um dos sorrisos mais bonitos que eu já vi, sem contar o de Nasrin.

O senhor Mehdi está entusiasmado, procurando alguma coisa.

– Onde está essa menina? – ele pergunta para a mulher.

– Ela ainda está se aprontando. Sahar, você pode chamá--la no banheiro? – a senhora Mehdi me pede, e eu assinto com a cabeça.

Vou direto para o banheiro e bato na porta.

– Nasrin, sou eu. – Ela não responde e eu giro a maçaneta.

– Me perdoe – ela sussurra.

– Perdoar por quê? Me deixe entrar.

Estou começando a ficar preocupada. Depois do que pareceu uma eternidade, Nasrin abre a porta. Ela está mordendo o lábio inferior e estende os braços para apertar minhas mãos. O que quer que a esteja afligindo, deve ser algo ruim. Ela liga o secador de cabelo, para abafar nossas vozes. Entramos para uma conversa particular.

– Sahar... Você sempre vai me amar, não é?

– Claro, eu sempre te amei. Por que isso mudaria?

– Tudo vai mudar. Esta noite.

Eu olho para ela com curiosidade e ela enxuga os olhos.

– Eu não amo ele. Quero que saiba disso.

Não amo ele. *Ele*.

De quem ela está falando? Por que tudo mudaria? A maneira como me olha, tão triste e sem esperanças. Há um anel em seu dedo. Por que há um... Ah, não. Ah, não, não, não. Minha expressão desmorona e caio de joelhos, abraçando sua cintura.

– Mas você é muito jovem! Ainda não terminou o secundário! – Solto um soluço e sinto seus dedos no meu cabelo.

– Já foi decidido.

Ela tenta me levantar, mas não quero sair do chão. Se eu ficar de pé, se eu conseguir ficar de pé, isso tornará tudo realidade. Isso não é real. Isso não é real.

– Sahar, levanta. Temos que sair daqui.

– A gente deveria ter mais tempo! Você deveria me dar mais tempo...

Ela tenta me erguer novamente, e eu deixo. Todos na festa devem estar se perguntando onde estamos. Ela enxuga meus olhos e nos coloca de frente para o espelho. Lavamos o rosto e ela dá pancadinhas para enxugar os olhos sem estragar a maquiagem – mas todo mundo vai perceber que estivemos chorando. Nós vamos ter que fingir que foram lágrimas de alegria. Isso vai ser difícil para mim. Nasrin sempre foi melhor atriz do que eu. Olhamos uma para a outra no espelho. Quando noiva e noivo se casam, eles se sentam em frente a um espelho, olhando um para o outro como um casal. Isso é o mais perto que chegaremos dessa tradição.

– Ele é um bom homem. Eu confio nele. Faz sentido.

O que ela não diz é: "Não temos nada a ver um com o outro".

– Não vou conseguir fingir – eu digo.

– Vai ter que fingir. É minha melhor amiga. Tem que parecer feliz.

Sei o que ela quer dizer. Tenho que interpretar meu papel. Caso contrário, vai parecer suspeito.

– Há quanto tempo você sabe de tudo isso? Como pôde concordar?

– Pare! Não tenho tempo para isso agora. Por favor.

Deus, nós devíamos ter mais tempo.

– Acho que vou vomitar – eu digo.

– Apenas finja que está feliz por uma hora. Vou dizer para a minha mãe que você não está se sentindo bem. – Ela desliga o secador.

Eu respiro fundo e a olho nos olhos. Eu me inclino e a beijo, com a esperança de que isso a fará mudar de ideia. Com a esperança de que tudo isso seja um sonho e o beijo nos desperte como duas belas adormecidas. Quando nos afastamos para tomar fôlego, nossas testas unidas, ainda ouvimos o burburinho das pessoas do lado de fora. Ela corre para a porta e sai, os ombros para trás, cabeça bem erguida e um sorriso no rosto. Eu a sigo depois de alguns instantes.

Quando volto para a sala de estar, o senhor Mehdi está abraçado a um rapaz alto e bonito. Seus cabelos espessos são bem pretos e ele veste um terno azul-marinho de corte europeu feito sob medida, como se tivesse nascido com ele. O rapaz tem olhos amáveis, pulsos fortes, um deles traz um Rolex, e ombros largos nos quais Nasrin pode se apoiar. Eu o odeio.

— Este jovem e belo doutor é o novo membro de nossa família! – o senhor Mehdi anuncia. – Ele pediu a mão de Nasrin e ela aceitou.

Os convidados explodem em felicitações e um grito visceral que ninguém escuta sai dos meus lábios. Eu assisto enquanto as pessoas se aproximam do jovem casal, beijando os dois nas bochechas, desejando tudo de bom e muitos filhos. Eu encontro os olhos de Soraya e ela se aproxima. Peço um copo com vodca e soda. Ela me traz a bebida e eu a bebo rápido, colocando o copo de volta na bandeja. A vodca queima minha garganta. Soraya ri e eu dou tapinhas em seu ombro.

Vou em direção ao casal, como todos esperam que eu faça.

Nasrin sorri para mim. Eu poderia dar um tapa nela. Seu sorriso é tão falso! O noivo nem percebe, porque ele não a conhece como eu.

— Reza, esta é minha melhor amiga em todo o universo.

Eu olho para o homem perto dela e ele me observa com grande afeição. Deve estar na casa dos 30 anos e eu tenho vontade de chamá-lo de pedófilo. Mas Nasrin tem 18 anos – e garotas mais jovens já se casaram.

– A famosa Sahar! Nasrin só fala de você! – Reza exclama.

Uma vez na vida fico feliz com o fato de os homens não poderem tocar mulheres que não sejam de sua família. Se ele me abraçasse, eu daria uma joelhada em suas bolas de carneiro. Eu não deveria pensar isso. É falta de educação. Imagino a cena novamente. Mas isso não me traz nenhum conforto.

– Bem, você certamente é uma surpresa! – eu informo Reza. Percebo o sorriso de Nasrin vacilar.

– Bem, queríamos manter as coisas em segredo. Eu não sabia se ela ia me aceitar quando vim vê-la pela primeira vez há um mês – Reza diz.

Ela o conheceu há um mês! E não me contou? Eu queria gritar. Ele a fita com amor e ela apenas me observa com um sorrisão idiota.

Aposto que o Vovô Zangado riria na minha cara. O Vovô Decepcionado apenas me diria para ir rezar. Eu seguro os ombros de Nasrin e a beijo desajeitadamente em ambas as bochechas. Então a abraço e sussurro em sua orelha:

– *Ele é muito bonito.*

Digo isso de forma venenosa e a sinto ficar tensa. Quando me afasto, levanto o olhar e olho para Reza. Ele é bem alto.

– Vou deixar vocês enfrentarem a multidão.

Reza solta uma risada. Sinto os olhos de Nasrin em mim, mas eu lhe dou as costas e procuro meu pai. Digo a ele que vou ao banheiro.

No banheiro, vejo o vaso sanitário dourado em estilo ocidental que os Mehdi insistem em ter em vez do vaso instalado no chão que a maioria das casas tem. Vomito nele. Duas vezes.

3

Minha cama é o único lugar onde me sinto segura. Depois da escola, todos os dias eu volto para casa e me deito ali, pensando na festa de noivado. Foi há uma semana, talvez duas – perdi a noção do tempo. Apenas quando soa o chamado para as orações vindo das mesquitas da vizinhança, percebo que o tempo passou. Nasrin estava tão calma com toda a situação... Será que ela ao menos se importa com o que acontecerá comigo? E com a gente? Eu era apenas uma distração para mantê-la ocupada até o Super-Homem dos pretendentes aparecer. Ele é tão bonito e *alto*. Sou pequena e acabei de aprender a fazer minha "monocelha" virar duas sobrancelhas. Ele é um príncipe e eu sou um sapo. Um sapo peludo que precisa depilar as sobrancelhas e reduzir os seios, com uma orientação sexual que cedo ou tarde me levará para a prisão.

Frequento uma escola diferente da de Nasrin, o que é uma bênção, porque não tenho interesse em vê-la nem suas amigas no colégio. Nasrin frequenta uma escola para onde muitas famílias ricas mandam os filhos. Eu estudo numa escola que só aceita alunos que se saem bem no exame de admissão. É difícil entrar, você tem que ser inteligente. Dinheiro não consegue comprar vaga numa escola especial – ou numa universidade, se for o caso. As amigas na escola devem estar paparicando Nasrin, perguntando que tipo de vestido irá usar. Nasrin deve adorar a atenção, exibindo seu anel nos intervalos entre um problema de matemática e outro, para os quais ela precisa de ajuda para resolver. Não me sinto traída por ela. Eu só não sei como conseguirei seguir adiante. Ouço uma batida à porta.

– *Baba*, ainda não estou me sentindo bem – eu digo.

– Deus, você parece deprimida! Me deixa entrar! – Ali pede.

– A porta está aberta – murmuro.

Ali faz uma entrada espalhafatosa, segurando sacolas plásticas no ar como se fosse Haji Firooz[11] trazendo presentes no Ano-Novo.

– Sahar *joon*! Há quanto tempo!

Eu me levanto e beijo Ali nas duas bochechas. Ele segura meus braços e me dá uma olhada de alto a baixo.

– Você está horrível.

---

[11] Personagem folclórica que, na tradição persa, anuncia a chegada de um novo ano tocando tamborim, cantando e dançando. (N. da T.)

Ali está certo. Eu me encolho de novo na cama e ele ergue uma sobrancelha para mim. Nota o porta-retratos com uma foto minha e de Nasrin no chão, ao lado da cama.

A fotografia foi tirada quando ambas tínhamos 4 anos. Minha mãe tirou a foto na casa dos Mehdi. Quando mamãe olhava a fotografia, comentava como Nasrin e eu nos parecíamos com ela e a senhora Mehdi. Nossas mães eram amigas de infância, ambas vinham de famílias abastadas. Elas frequentavam a mesma escola, as mesmas festas, faziam praticamente tudo juntas. Depois da revolução, a fortuna da família de mamãe diminuiu. Ainda eram bem de vida, mas o irmão de mamãe herdou a maior parte do dinheiro e ela deveria se casar com um rico pretendente. O problema foi que ela escolheu *Baba*, que não era o que a família dela esperava. O pai de Ali colheu os benefícios da decepcionante escolha de mamãe e ficou com o dinheiro da família, afirmando que ela havia encontrado um marido que a sustentaria.

Eu me pergunto como seria a vida se mamãe tivesse recebido sua parte da riqueza da família. Com certeza Nasrin e eu frequentaríamos a mesma escola. O currículo escolar em meu colégio é rigoroso. A escola de Nasrin apenas se assegura de que os alunos passem. Se eu tivesse dinheiro, talvez o fato de estar apaixonada por ela não fosse tão ruim. Eu poderia "comprar" Nasrin de sua família.

Ali pega o porta-retratos e observa a fotografia com um sorriso malicioso.

– Vocês duas, sempre juntas – ele diz. – Dá até enjoo.

Ali coloca o porta-retratos na cômoda e observa a fotografia novamente.

– Ouvi falar que ela vai se casar. Vai deixar você sozinha.

Seus olhos encontram os meus e eu tento descobrir o que ele sabe.

— Quando eu for médica, vou poder encontrar um noivo pra mim — eu digo e ele sorri de maneira afetada, como sempre faz quando sabe mais do que está me contando. Ele abre a sacola plástica e me passa um DVD. Há uma mulher na capa, sentada no topo de um prédio, com corações à sua volta. Ali tem vendido DVDs, CDs e outros itens proibidos. Ele não precisa do dinheiro, mas isso o torna popular em alguns círculos. Os DVDs à venda nas lojas têm que passar pela censura e ser considerados apropriados. Nasrin e eu assistimos a uma cópia legal de *Lost* uma vez, e todos os corpos tinham sido digitalmente cobertos com tarjas pretas. Onde devia haver homens e mulheres escassamente vestidos, havia personagens cobertos com mangas e calças pretas computadorizadas. Era muito ruim. Eu teria gostado de ver Evangeline Lilly de biquíni.

— Assista isso quando seu pai não estiver por perto — Ali ri e se senta ao meu lado na cama.

— É sobre o quê?

— Uma história de amor. É bom. Tem legendas, porque ninguém dublaria isso.

Se ninguém quis dublar o filme, isso significa que os americanos de origem persa também não o aprovaram. Devia ser... Não, não poderia. Ele não faria isso.

— *Hamjensbazi?* Filme gay? — eu pergunto e Ali me olha com compaixão.

— Sahar, é preciso ser um para conhecer um.

Eu me levanto e jogo o DVD no chão.

— Você está enganado! Não sou como você! Não vou aos seus cafés e festas! O que você faz é errado e eu *não* sou como você. Você acha que tudo é uma brincadeira, mas não é. O que aconteceria se a guarda ou a polícia secreta encontrasse esse lixo com você? Você nunca pensa nas consequências.

Ali não parece incomodado. Ele olha para mim como se eu não tivesse noção das coisas. Ele pega o DVD e o coloca na cômoda, perto do porta-retratos com a foto de Nasrin e eu.

– Apenas imaginei que você precisava falar com alguém. Sei que nossa vida não é fácil, mas ainda assim precisamos vivê-la.

Ainda assim precisamos vivê-la. Mesmo sem Nasrin, ainda assim precisamos vivê-la. Meu rosto se contorce de maneiras que não consigo controlar e Ali me envolve em seus braços. As lágrimas e os soluços começam. Eu coloco tudo para fora e penso em minha mãe, em como ela me disse para ignorar meu desejo de me casar com Nasrin quando eu tinha 6 anos. Mesmo que mamãe estivesse viva, eu não poderia falar sobre Nasrin com ela.

Quando meus soluços cessam, eu me afasto do peito de Ali. Sua camisa parece um lenço usado. Meu primo deve me amar, porque, embora as roupas sejam importantes para ele, Ali parece não se incomodar.

– Desculpe pela sua camisa – digo enquanto enxugo os olhos.

– *Eshkal nadare*, não tem importância. Preciso mesmo fazer compras logo, de qualquer forma.

Eu me sento de novo na cama e Ali continua em pé. Preciso que meu primo saiba que ainda não sou como ele. Eu não bebo nem uso drogas. Acho que seus cortes de cabelo às vezes são ridículos e eu não quero ter uma vida secreta. Quero ser como todo mundo e ter um lar com a pessoa que eu amo.

– Dá para perceber? Quero dizer, há quanto tempo você sabe que eu...

– Percebi pelo jeito que Nasrin olha para você às vezes. Como se você fosse um *kabob*[12] no qual ela quer dar uma mordida.

– Você é nojento! – Eu dou risada.

Se Nasrin me olha desse jeito, eu nunca percebi. Sempre pensei que fosse eu quem parecia mais apaixonada por ela, mas acho que Ali enxerga coisas que eu não consigo ver.

– Ela não é a única garota do universo – ele diz. Não. Mas ela é a única garota do *meu* universo. Ele não entenderia. Ele nunca se apaixonou. – Venha à minha casa na sexta. Vou receber algumas pessoas.

– Não sei.

– Ah, vai ser tranquilo. Não vou te jogar para os leões logo de cara.

Sexta-feira é meu dia de folga da escola e Nasrin e eu sempre o passamos juntas. Tenho outros amigos, mas são colegas de escola. Não posso falar com eles sobre como realmente estou me sentindo, não da maneira como conversaria com Nasrin. Na sexta passada, fiquei no meu quarto o dia todo. Nasrin ligou, mas não consegui me obrigar a falar com ela. *Baba* atendeu ao telefone e disse a ela que eu estava estudando. Sei que não posso fazer isso de novo ou *Baba* vai ficar desconfiado. Isto é, se ele estiver prestando atenção. Então uma distração me faria bem, e uma parte de mim estava curiosa para conhecer o mundo de Ali. Tive vislumbres e ouvi suas histórias, mas estar dentro desse mundo seria diferente. Além disso, seria algo sobre o que poderia me gabar para Nasrin.

---

[12] Espetinho de carne e legumes, também conhecido como *kebab*. (N. da T.)

– Estou com medo – eu digo enquanto, pela janela, Ali olha para a rua movimentada lá embaixo.

Não sei por que ele parece tão interessado. A paisagem é a mesma de ontem: tráfego que nunca diminui, pedestres que não conseguem atravessar a rua, fumaça de combustível sendo expelida pelo escapamento dos Peugeots, as motocicletas que parece que vão se desintregar a qualquer momento, as ocasionais Mercedes ou BMWs que fazem as crianças pularem e apontarem. Há sempre o mesmo garoto afegão, que recolhe o lixo de latões e o empilha num carrinho que ele puxa pela rua, nunca pela calçada. Velhos parados em frente à loja de esquina, como se estivessem protegendo os cigarros e chicletes com a própria vida, mas na verdade estão lá por causa da sombra das árvores.

Ali estreita os olhos para algo.

– Sempre invejei aqueles pombos idiotas – ele diz. – Podem ir embora quando quiserem. Talvez seja por isso que eu pise neles quando posso.

Eu ainda estou pensando na festa de Ali.

– Não posso ir ao seu apartamento sozinha – digo.

Se eu for sozinha a algum lugar, é bem provável que seja parada pela guarda, ainda mais à noite. Seria impossível pedir para *Baba* ir comigo até a casa de Ali. Nem mesmo *Baba* iria acreditar que eu estava indo lá para estudar. Estou com medo, mas preciso sair desse quarto. Preciso encontrar maneiras para aliviar o sofrimento corrosivo que se alimenta de toda a superfície do meu corpo.

Ali olha para mim e sorri com malícia. Sua máscara está de volta.

– Ah, não canse sua linda cabecinha. Vou pedir para alguém vir te buscar. Uma pessoa que até mesmo seu *Baba* aprovaria.

– Ele bagunça meus cabelos cacheados e armados, e eu dou um tapa na mão dele. – O que tem para o jantar?

O arroz que cozinhei ficou duro, *Baba* e Ali não dizem nada, mas percebo suas mandíbulas trabalhando dobrado. Teria feito um trabalho melhor se não estivesse pensando em Nasrin. *Baba* parece mais magro que de costume, e eu sei que é porque eu não tenho cozinhado muito. Se eu não o lembro de comer, ele não come. Não é uma prioridade para ele. Eu olho para meu prato. A carne é escassa, misturada com as cenouras e ameixas cozidas. Não é meu melhor prato. Deveríamos ter pedido pizza.

Ali remexe a comida em seu prato e olha ao redor na cozinha, talvez se perguntando por que se convidou para o jantar.

– Então, *Dayi*,[13] como vai o trabalho?

Ali está desesperado para encontrar assunto. Ele detesta conversar sobre trabalho, mesmo dos outros. Atualmente *Baba* trabalha numa oficina da qual já foi proprietário, mas que precisou vender por não ter condições de mantê-la após a morte de mamãe. Tudo que ele consegue produzir, vende para os mercadores no bazar, muitos que ainda devem velhos favores ao meu pai. Um dia os favores vão acabar. De quantas cômodas e baús de enxoval uma loja precisa, especialmente quando os fabricados pelos chineses são mais baratos? Espero conseguir tomar conta dele quando esse dia chegar.

Baba pensa na pergunta de Ali enquanto toma sua Coca--Cola.

– Bem – ele finalmente responde, e voltamos a comer em silêncio.

---

[13] "Tio materno", em persa no original. (N. da T.)

Sinto o cheiro do cigarro de mamãe no ar à nossa volta. Isso acontece de tempos em tempos. Sei que é impossível, mas eu sinto o cheiro. Ali bate palmas e me desperta dos meus pensamentos sombrios.

Baba continua mastigando.

– Sahar está tirando notas tão boas, *Dayi*! – Ali exclama. – Ela me mostrou as ótimas notas que conseguiu. Você deve estar orgulhoso.

– Sim. Sahar é meu maior tesouro – *Baba* diz. Quando percebo o que resta de vida em seus olhos me observando, sei que ele é sincero.

– E como está se saindo tão bem, Sahar e as amigas querem ir ao cinema na sexta-feira para comemorar. Ela diz que tem medo de pedir permissão, porque não quer deixar você sozinho na hora do jantar.

Lanço um olhar preocupado para Ali. Não acredito que ele teve a audácia de mentir para *Baba* desse jeito. Mas, por outro lado, seria legal não ser tão bem-comportada o tempo todo.

Baba toma outro longo gole de seu refrigerante e olha para mim.

– Vão só garotas?

Se *Baba* ao menos soubesse que é com as garotas que ele deveria se preocupar...

– *Baleh, Baba*.[14] Só garotas – eu digo, e Ali se concentra em seu prato, todo inocente, como se não estivesse planejando corromper sua prima mais nova. Ele é um demônio.

---

[14] "Sim, pai", em persa no original. (N. da T.)

– Tudo bem. Só não volte para casa muito tarde. E você vai precisar de companhia no caminho de volta.

Não posso pedir a *Baba* para me buscar. Terei que pegar um táxi. Eu olho para Ali e ele dá um sorrisinho. Agora que tudo foi decidido, uma sensação de apreensão se instala em meu estômago.

4

Minha companhia para a festa de Ali deve chegar a qualquer minuto. Eu checo o cozido de berinjela de *Baba* mais uma vez. Ele vai gostar do jantar, ou deveria, porque passei o dia inteiro preparando-o. Eu desligo o fogo e deixo o cozido no fogão. Examino minha aparência no espelho do corredor pela trigésima vez. Essa situação toda é insana, mas é excitante ir a uma festa com pessoas mais velhas. Conhecendo Ali, todos os convidados estarão vestidos com jaquetas da moda ou os últimos modelos de tênis. Tomara que eles não notem meu tênis Adidas gasto e meus jeans desbotados.

Meu reflexo me cumprimenta mais uma vez, e eu suspiro. Toda essa maquiagem me transformou numa prostituta triste. Eu deveria ter aprendido a me maquiar há muito tempo, mas geralmente Nasrin me ajuda. Enquanto esfrego as bochechas, ouço o interfone. Corro para a entrada do apartamento para atender, com um pouco de medo de quem estará do outro lado da linha.

– *Baleh*?

– *Salam*, meu nome é Parveen, sou amiga de Ali. Você está pronta? – Ela parece legal. Sua voz é doce, mas não enjoativa ou falsa. Pego o casaco e o véu e os visto rapidamente. Saio do apartamento, trancando a porta atrás de mim e tentando não correr escada abaixo.

Parveen está me esperando atrás do portão ao pé da escada. Veste um casaco estiloso – azul-acinzentado em vez do bege, preto ou verde-escuro típicos – e maquiagem impecável. Seus olhos são de um verde incomum. Seu *roosari* deixa à mostra um topete de cabelos pretos, brilhantes e macios. Ela é radiante e não a companhia que eu esperava. Pensei que Ali mandaria alguém que parecesse uma professora primária deprimida, como um presságio do que eu me tornaria se não fosse à festa.

– Você é linda! Exatamente como Ali a descreveu – Parveen diz, e eu fico corada, mesmo que ela esteja apenas sendo educada. Nós nos beijamos nas bochechas e ela toma a frente quando vamos pegar o ônibus.

Ficamos na parte de trás do ônibus, com o restante das mulheres. Os homens ficam na parte da frente. Assim, se o ônibus encher, homens e mulheres não se encostam de maneira inapropriada. É uma bênção, de verdade. A última coisa de que preciso é o pênis murcho de um velho encostando na minha bunda enquanto ele vai para a mesquita.

Parveen me pergunta as coisas de sempre: o que estou estudando, se eu já fui ao cinema ver o último filme aprovado pela República Islâmica. Enquanto respondo, sinto todos os olhares em cima dela. Um garoto com uma camiseta Armani pisca para Parveen. Acho que ela nem percebe. Se esse garoto tivesse piscado para Nasrin, ela teria percebido e achado graça. Então ela teria me beijado na privacidade de meu quarto, dizendo coisas como: "Você é a única para mim. Eu só gosto de receber atenção". Às vezes me pergunto se Nasrin me mantém por perto apenas para massagear seu ego.

Nós descemos do ônibus e andamos lado a lado. O apartamento de Ali fica perto de Vali-Asr, um bairro agradável onde um estudante universitário não teria condições financeiras de morar. Dois homens numa motocicleta passam por nós rente à calçada. Eu seguro minha bolsa com força. Tem havido muitos roubos feitos por motociclistas que arrancam bolsas das mãos de pedestres. Os dois homens não tentam nos roubar, mas eles quase batem numa banca de frutas por tentar dar uma olhada em Parveen.

Os cabelos de Parveen estão um pouco à mostra, e ela não usa maquiagem pesada como a maioria das garotas. Ela também não tem as sobrancelhas tatuadas como é a moda. Algumas garotas raspam as sobrancelhas e então tatuam no lugar horríveis traços pincelados que parecem saídos de desenho animado. A maquiagem e as tatuagens são usadas porque o rosto é uma parte importante do corpo. As garotas não podem atrair os homens com decotes ou jeans apertados, então todos os esforços são feitos no rosto. Parveen parece saber que não precisa de tudo isso. A coisa mais atraente nela é o modo como caminha, com confiança e feminilidade. Seus quadris balançam de uma forma que o Vovô Zangado com certeza desaprovaria.

– Estou feliz que tenha decidido vir à festa. Será muito legal ter mais garotas lá – Parveen diz, e ela parece sincera.

– Estou um pouco nervosa – eu digo. – Sei como Ali é, então já posso até imaginar como serão seus amigos.

Parveen ri alto, sem se importar.

– Ah, todos são legais. Loucos e um pouco desajustados, mas legais. Se alguém for maldoso com você ou muito sem noção, é só me procurar. – Ela pisca para mim.

Está anoitecendo e fico feliz por estar cada vez mais escuro, assim Parveen não vai perceber que meu rosto está bem vermelho. Sei que ela não está flertando comigo – esta não é a impressão que eu tenho. Eu me pergunto: se Nasrin nos visse juntas, sentiria ciúme?

– Você é tímida! Tem certeza de que é parente de Ali? – Parveen pergunta. Ela me dá um empurrão.

Eu me lembro de quando conheci Ali. Meus pais e eu fomos de carro a Tabriz, numa viagem de fim de semana. Mamãe e meu tio finalmente se entenderam com relação à herança, mas acho que fizeram isso na esperança de que eu não ficasse isolada de meus únicos parentes maternos. Ali tinha 13 anos e era meio nerd, usava óculos. Eu tinha 8 e o achava superdescolado, dançando ao som de *boy bands* americanas na luxuosa casa dos pais, num condomínio fechado. Às vezes desejo poder voltar a essa época, quando meu maior problema era aprender o nome de todos os Backstreet Boys para impressionar Ali.

Quando chegamos ao altíssimo complexo de apartamentos, com uma fonte na frente, cercada por arbustos meticulosamente aparados, Parveen interfona para Ali. Alguns minutos se passam. Parveen chama de novo.

– Meu Deus, ele provavelmente já está de porre – ela diz com uma ponta de reprovação.

O interfone faz um ruído.

– Sim? – uma voz áspera, que definitivamente não pertence a Ali, pergunta com rispidez.

Talvez isso tenha sido má ideia. Parveen revira os olhos e pisca para mim.

– Os pombos estão voando livremente – ela diz numa voz animada e bem suave.

A entrada é liberada e Parveen abre a porta para mim. Entramos no *hall* e ela aperta o botão do elevador. Quando a sigo e entro no elevador, tento não notar o balanço que seus quadris fazem quando ela anda. Eu odeio perceber isso. Uma boa garota não perceberia. Ficamos lado a lado, aguardando chegar ao décimo segundo andar, o último andar. O perfume dela é delicioso, mas eu prefiro jasmim e baunilha. O perfume de Nasrin. Sou tão patética...

– Não se assuste – Parveen diz logo depois que as portas do elevador se abrem e viramos à direita. Eu já posso ouvir a música que vem da outra extremidade do corredor, e me pergunto como Ali consegue escapar ileso de tudo isso. Parveen bate à porta, cinco vezes e com um ritmo específico. Código. A porta se abre um pouco e um brutamontes nos observa, vê Parveen e abre passagem.

– Farshad, você leva seu trabalho muito a sério – Parveen diz depois de entrar.

Farshad pega o casaco de Parveen, mas ela mantém seu véu chique na cabeça.

– Este é o pacote que eu peguei – ela diz, inclinando a cabeça na minha direção.

Farshad tem a barba por fazer. Ele parece um lutador olímpico, com um pescoço tão grosso que poderia usar um pneu de carro como colar. Farshad estende a mão, me bloqueando, e eu me pergunto o que fiz de errado. Parveen começa a desabotoar meu casaco, e eu percebo que Farshad é o porteiro da festa. Eu termino de desabotoar o casaco e tiro meu véu. Farshad os pega e sussurra no ouvido de Parveen. Ela fica corada e o afasta com um empurrão, então entrelaça o braço no meu enquanto nos movemos no meio da multidão de personagens.

O ar está repleto de espirais espessas de fumaça, uma mistura de cigarro e algo doce, que eu sei que *Baba* não aprovaria. Um denso baixo com um acordeão *techno* toca ao fundo. Há homens por toda parte. A maioria usa moicanos falsos idiotas, que todo mundo acha o máximo, embora pareçam uma crista de galo. Alguns rapazes esguios vestem jeans *justíssimos*. Seus cabelos são longos e bagunçados, compridos demais atrás e com redemoinhos propositais. Alguns usam brilho labial e rímel, como se isso não fosse nada de mais. Um homem gordo está de peruca loira, o que faz todo sentido com o seu vestido de paetês vermelho. Eu não pertenço a esse lugar.

O apartamento de Ali é mobiliado com sofás de couro branco e tem um piso de cerâmica da mesma cor, o que é uma idiotice, porque branco suja com mais facilidade. Mas Ali provavelmente não pensou nisso. A enorme televisão de tela plana exibe videoclipes de músicas persas, mas sem som e captados por transmissão via satélite ilegal, e tenho quase certeza de que a mesa de centro é feita de granito. Granito! Parveen pega a minha mão e me guia através do labirinto de aromas de loção pós-barba, e de mamilos e braços que já foram peludos e agora estão depilados e macios. Um homem que deve estar na casa dos 40 anos, com uma barba mal tingida, encara Parveen de um jeito atrevido e ela arruma o véu para cobrir melhor a cabeça.

– Eles não têm nenhum respeito por uma dama – grita Parveen, tentando sobrepor a voz à música.

Eu não imaginava que Parveen fosse tão recatada. Algumas mulheres sempre usam véu quando estão na companhia de homens e outras mulheres. As mais religiosas parecem tendas negras, com apenas o rosto espiando das dobras do *chador*. Cobrir minha cabeça sempre fez com que me sentisse tola, mas eu respeito a decisão de uma mulher de se cobrir, contanto que essa escolha tenha partido *dela*. Não deveria ser uma decisão tomada por um homem ou por um regime de governo.

O apartamento é espaçoso, tem dois quartos e, com todas essas pessoas, demora um pouco para atravessá-lo. Nós alcançamos Ali em seu trono, um sofá nos fundos da sala de estar. Garotos o cercam, alguns estão deitados no chão e outros acomodados no braço do sofá. Se ao menos eles tivessem conhecido Ali quando ele usava aqueles óculos fundo de garrafa... Eu me pergunto se estariam interessados em ouvir sobre os truques de mágica que meu primo costumava praticar por horas.

– Parveen! Você trouxe a convidada de honra! – Ali exclama.

Ele bate palmas encantado antes de se levantar e me abraçar. Seu hálito cheira a uísque. Os garotos me olham com curiosidade e eu nunca me senti tão avaliada ou popular em minha vida.

– Galera – Ali anuncia para a multidão –, minha linda prima Sahar. Deem as boas-vindas a ela... ou algo do tipo.

Corando, eu me afasto um pouco de Ali. O cheiro de álcool é insuportável.

— Pare de constrangê-la — Parveen diz baixinho, tomada pela timidez de repente.

Seu comportamento mudou, de alguma maneira. É por causa de Ali. Parveen com certeza está tentando tirar leite de pedra. Ali sorri para ela, claramente ciente do grande interesse que ela tem por ele. Espero não ser tão transparente assim quando olho para Nasrin.

— Obrigado por trazê-la, Parveen — Ali diz. — Você é um doce.

Parveen fica vermelha e flutua na direção de alguns garotos que estão dançando. Ali grita para um menino que está servindo drinques e aponta na minha direção. Eu não deveria beber. *Baba* não gostaria disso. Não é algo que uma dama faria. Ali me olha de cima a baixo e ergue as sobrancelhas.

— Você está bonita, garota. Nasrin a ajudou a escolher sua roupa?

Eu desabo. Estava indo tão bem.

— Não, ela não ajudou — eu digo, olhando ao redor em busca de uma distração.

Os dançarinos estão na maior animação. Seus quadris ondulam com precisão calculada. Alguns homens mais másculos balançam os ombros, enquanto os mais femininos dobram os braços em movimentos lentos e lânguidos. Ali põe o braço em volta dos meus ombros, e um garoto usando rímel e com o rosto marcado por cicatrizes entrega meu drinque num copo com o formato de uma mulher.

— Aqui está, não deve ser tão forte.

Para não ser mal-educada, tomo um pequeno gole. Imediatamente cuspo de volta no copo. É horrível.

– Ah, qual é! – Ali diz enquanto pega meu copo. – Não tem quase nada aqui. – Ele toma um grande gole e arrota.

– Como você consegue beber isso? – eu pergunto, não enojada, mas impressionada.

– Muita prática. – Ele entrega o copo para um cara de cabelo comprido e vestindo uma camiseta com o rosto da Madonna estampado. – Ei, desculpe ter mencionado Nasrin.

– Tudo bem. Ela não está morta, só vai se casar.

– Qual é a diferença? – Ali diz, e eu rio um pouco.

Ele me leva para o centro da sala. Eu odeio dançar. Toda a atenção e a sexualidade dissimulada não são para mim. Eu balanço a cabeça, mas Ali não desiste. Ele agarra meus quadris e os balança de um lado para o outro. Eu me sinto como um metrônomo. Ele me solta e mexe os braços de maneira selvagem. Como ele consegue se sentir tão livre para fazer o que bem entende? Tentando não dar muito vexame, eu penso em como Nasrin dança. Ela se mexe lentamente, para a frente e para trás, e acrescenta um pequeno encolher de ombros, mas não o bastante para parecer uma prostituta.

Por um momento eu não me sinto tão deslocada e, tirando alguns caras vestidos como mulher, a festa é quase "normal". Bem, sem contar o narguilé cheio de ópio que três homens esqueléticos estão fumando num canto. Eles estão sentados num pequeno tapete no chão, e eu me pergunto se Ali vai ficar furioso quando derramarem cinzas nele.

Parveen está dançando perto de mim, e logo começamos uma disputa para ver quem dança melhor. Quando ela inclina os ombros para a frente, os meus vão para trás. Eu olho ao meu redor e percebo que ninguém se importa com a aparência das outras pessoas, com a maneira como elas dançam ou com o que são capazes de fazer com os quadris. Parveen balança os dela como uma dançarina de dança do ventre, e é assim que ela vence a disputa. Nós rimos, e eu me rendo com um cômico cumprimento de derrota enquanto Parveen continua dançando.

Ali se aproxima e me leva ao bar improvisado, uma deslocada mesa redonda de plástico. Ele me serve suco de laranja. Qualquer bebida alcoólica que planejava colocar no meu drinque, ele serve a si mesmo. Nós brindamos com nossos copos plásticos e observamos a incrível anarquia que é o seu apartamento.

– Como você consegue se safar? Quer dizer, você não tem medo da polícia? – eu pergunto.

Ele faz um barulho de pum com a boca.

– Nós temos um acordo. Além disso, qualquer policial que apareça, nós subornamos. Todo mundo tem um preço. – Ele indica Farshad com a cabeça e sussurra em meu ouvido: – Ele é da polícia. Eu jogo um garoto bonito nos braços dele de tempos em tempos. Não se preocupe com essas coisas, Sahar. Divirta-se.

Eu preferia Ali quando ele era nerd e usava óculos. Não era tão convencido. Olho em volta e, embora tenha certeza em relação a alguns, não posso dizer o mesmo sobre outros – não consigo dizer se são como eu.

– Todo mundo aqui é, hum... você sabe... – eu pergunto.

– Tem importância?

– Não, não tem.

Eu vejo Parveen se divertindo na pista de dança. Ela não é gay. Disso eu tenho certeza.

– Parveen gosta muito de você. Que pena que ela não é o seu tipo – Eu brinco com Ali, mas não seria muito mais fácil se ele se casasse com ela? Eles não teriam que esconder o que sentem o tempo todo. Ali não está procurando o grande amor de sua vida, e assim ele não seria tão solitário. Ela é uma garota legal, e se importa com ele. Talvez ela saiba cozinhar. Poderia funcionar, não?

– Não, ela não é o meu tipo. Mas acho que, quando ela era Ahmad, nós talvez tivéssemos uma chance.

– Como?

– Parveen. Antes ela era Ahmad. – Eu ainda não consigo entender. Pisco para Ali algumas vezes. – Não seja tão careta, Sahar. Parveen é transexual.

Eu olho para Parveen de novo e tento encontrar qualquer coisa remotamente masculina nela. Ali percebe que eu observo Parveen.

– Olhe para as mãos dela. É a única coisa que restou dele.

Agora eu vejo que as mãos de Parveen são maiores do que eu imaginava quando ela segurou as minhas. Os nós dos dedos são largos e os polegares são grossos.

– Mas ela é… quer dizer, como…

– Sahar, está tudo bem. Parveen ajuda outras pessoas como ela. Elas não estão fazendo nada errado. Além disso, se a grande República Islâmica diz que esta é uma condição médica legal, então, por Alá, eles devem estar certos. – Ali pontua seu sarcasmo com uma reverência exagerada. Tentando fazer o máximo para não ficar encarando Parveen, tomo um grande gole do meu suco de laranja.

– Então, todo mundo sabe? Ela não vai se encrencar?

Ali balança a cabeça.

– Como eu disse, está dentro da lei. O governo até ajuda a pagar pela cirurgia.

– Mas por quê?

– Porque eles estão tentando nos consertar – ele diz com indiferença, mas eu me encolho de medo.

Nos consertar. Isso inclui *a mim* também.

Estou começando a me sentir enjoada. Essa festa toda foi uma ideia horrível.

– Preciso ir para casa. Está ficando tarde – eu digo. Ali ergue as sobrancelhas.

– Já consigo uma carona pra você. – Ele pega o celular e vai até o banheiro, o único lugar silencioso no apartamento.

Parveen abre caminho até onde estou. Eu me esforço para não agir de maneira diferente de quando a conheci.

– Você parou de dançar! – ela diz. – Estava se saindo tão bem!

– Sim, mas não estou me sentindo muito legal. Pedi para Ali chamar um táxi pra mim. Não é assim que costumo passar as sextas-feiras. – É a coisa mais sincera que eu disse em toda aquela noite. Ela põe o braço a minha volta e meus ombros ficam tensos. *Por favor, não perceba isso.*

– As festas de Ali podem ser um pouco demais. Esta até que foi moderada em comparação com as outras. Ele atrai pessoas estranhas, viciados em heroína e coisas do tipo. – Meu primo conhece verdadeiras "figuras".

– Ah, é – consigo responder. Parveen afrouxa o abraço e eu espero que não seja porque ela tenha percebido o quanto eu me sinto desconfortável.

– É só que a maioria das pessoas aqui... a gente não tem muitas oportunidades de se expressar. É difícil ter que se esconder o tempo todo.

Sim, é difícil. Ela sorri para mim e eu faço o meu melhor para retribuir o sorriso. Ela tem sido tão legal a noite toda...

Odeio o fato de o tempo todo ficar procurando sinais de que ela já foi um homem.

– Ei, Sahar, me dê seu celular.

Eu entrego o aparelho e Parveen grava o número dela. Eu não sei por quê. Duvido que vá ligar para ela. Ainda mais depois de eu ter ficado embaraçada.

– Foi ótimo te conhecer – Parveen diz. – Gravei meu número, caso você queira sair de novo. Fazer algo legal, como tomar um café. Nada muito louco.

Nossos polegares se tocam quando Parveen me entrega o celular, e aí está ele. Eu pego o aparelho e agradeço a ele.

Ela. Agradeço a *ela.* Droga.

Ali se aproxima e me leva até a porta. Farshad me entrega o casaco e o véu. Eu visto os dois rapidamente, lançando um último olhar para Parveen. Ela sorri e eu me sinto mal.

– Você se divertiu? – Ali me pergunta quando estamos no elevador.

– Foi diferente.

Eu nunca me senti tão pouco à vontade em toda a minha vida, foi bizarro, e eu acho que não te conheço como imaginava se dá festas muito loucas com um policial recebendo os convidados na porta. Mas, fora isso, foi uma noite fantástica.

Ali e eu saímos do prédio e encontramos uma Mercedes-Benz estacionada em frente. Ele rebola até a janela do motorista e bate no vidro. A janela se abre e revela duas mulheres com lenços Louis Vuitton na cabeça. Glamoroso.

– Olá, Mãe, Filha – Ali diz. A mulher atrás do volante parece ter quase 40 anos. A garota no banco do passageiro parece mais nova do que eu. A garota estende a mão e Ali a beija. Eu olho em volta para ver se alguém está nos vendo. Não que Ali se importe. Demonstrações públicas de afeto são proibidas. Assim como o Facebook, dançar em público e a presença de mulheres em estádios de futebol.

– É este o pacote? – a mulher mais velha pergunta. Eu realmente gostaria que as pessoas parassem de me chamar assim. Provavelmente é só Ali querendo se passar por gângster.

– Sahar é minha prima e uma pessoa muito importante pra mim. Então, nada de paradas até ela chegar em casa. Prometem?

– É claro, Ali. Um acordo entre damas.

– Que fofo – Ali sorri e abre a porta de trás. – Você se saiu muito bem, garota. Mas ainda tem que se soltar um pouco.

Eu reviro os olhos e ele ri. Entro no carro e a porta se fecha.

Ali se inclina na janela para falar com a garota no banco do passageiro.

– Britney Spears pra você, *khanum* – ele entrega um CD pirata e a garota arregala os olhos.

– *Merci, Ali Agha!*

Agha? Desde quando as pessoas o chamam de "Senhor"? Ali pisca para ela e bate no teto do carro. Já disse o que precisava. A mulher mais velha fecha a janela e dirige para fora da entrada de carros. A garota se vira no assento para falar comigo. Se eu achava que minha maquiagem parecia de prostituta, essa garota faz com que eu me sinta como a esposa de um mulá.

– *Salam!* Você gosta de Britney Spears?

– Hum... claro – eu digo e ela põe o CD para tocar.

A Filha canta algumas palavras da canção, mas elas têm um som engraçado vindas da boca da garota. Embora esteja falando inglês, dá para perceber que ela é iraniana. A Mãe no banco do motorista está concentrada na estrada, a boca apertada e os olhos mirando a janela com frequência. A Filha se remexe alegremente ao som da música e eu faço meu melhor para ficar quieta. Alguma coisa na concentração da Mãe me deixa nervosa. O que ela está procurando?

A Filha se vira novamente para mim.

– Em que série você está? – ela pergunta.

– Último ano do ensino médio – eu digo. – E você?

– Eu não vou mais à escola – ela diz com um sorriso triste.

– Ouça a sua música – a Mãe diz num tom severo.

A Filha dá de ombros e se vira para a frente. Eu deveria ter ficado na festa. Quando paramos num sinal vermelho, a Mãe faz contato visual com um homem de cerca de 40 anos num Peugeot ao lado. Ela abaixa o vidro. O homem joga um pedaço de papel amassado pela abertura e a Mãe imediatamente fecha a janela. Ela entrega o papel amassado para a Filha, que pega o celular, desdobra o papel e digita o número anotado ali.

Nós continuamos nosso caminho e paramos de novo num sinal vermelho. A Mãe pega o celular da Filha.

– *Baleh?* – a Mãe pergunta com uma voz doce.

Eu olho para a direita e vejo o homem do Peugeot olhar de soslaio para nós. Alguma coisa a respeito disso me parece muito, muito errado. A Filha baixa o volume do rádio, sua animação murchando ao mesmo tempo.

– Não, a que está no banco de trás não é minha. Só a que está na frente – a Mãe continua.

Isso não pode estar acontecendo.

– Setecentos mil *toman*.[15] Este é o preço, é pegar ou largar.

---

[15] Cerca de 640 reais. (N. da T.)

Quando o sinal fica verde, a Mãe desliga o celular e xinga baixinho. A Filha tenta disfarçar o quanto está satisfeita. Gotas de suor cobrem o topo da minha testa, e eu queria poder tirar esse maldito véu. A Filha aumenta o volume da música e a Mãe dirige com destreza entre os carros. Quase em casa, quase em casa, eu estou quase em casa.

A Filha se vira novamente.

– Você parece meio enjoada – ela diz. A Mãe dá um sorriso malicioso.

– Estou bem, obrigada – respondo alegremente. Vamos fingir que eu não vi nem ouvi nada. A Filha toca a minha mão e eu olho em seus olhos.

– Qual é a sua matéria preferida na escola? – a Filha pergunta de uma forma que me dá a impressão de que as pessoas não conversam muito com ela.

– Ciências. Você gosta de ciências?

– Não. Mas eu sempre gostei de literatura. Eu era boa nessa matéria.

– Você é muito inteligente! Literatura é minha pior matéria.

Não é bem verdade, mas ela parece tão orgulhosa que estou disposta a mentir quanto for preciso. Ela se vira para a Mãe.

– Viu, Chefe? Eu sou inteligente!

Eu faço o meu melhor para não me jogar do carro em movimento. Quase em casa, quase em casa, eu estou quase em casa.

– Sim, garota, você é inteligente – a Mãe diz, a mandíbula tensa e os olhos concentrados.

Nós alcançamos meu prédio e eu disparo para fora do carro no momento que a Mãe freia. Em minha pressa, eu bato a porta e a Mãe abaixa o vidro.

– Agradeço a vocês duas, muito obrigada – eu digo com todo o controle e toda a calma possíveis.

A Filha acena com entusiasmo e eu retribuo. A Mãe me cumprimenta com a cabeça e fecha a janela. Quando a Mercedes prateada se afasta, eu corro para o prédio. Subo rapidamente todas as escadas e destranco a porta do apartamento. *Baba* está sentado no sofá, assistindo ao noticiário.

– Noite divertida?

– Uh-huh.

– Nasrin foi com você?

E então me dou conta. Eu não pensei nela nos últimos vinte minutos. Terei que ligar e agradecer a Ali de manhã.

– Não, ela não foi.

5

É hora de encarar a realidade. Se eu não aparecer para ver Nasrin, as pessoas vão começar a falar. *Baba* vai fazer perguntas. Mas estar aqui não significa que eu tenha que gostar. Soraya abre a porta da casa dos Mehdi. Ela abaixa a cabeça de forma quase imperceptível. Mas sou eu quem deveria abaixar a cabeça para ela – ela é mais velha, no fim das contas. Em vez disso, eu abandono todas as formalidades e beijo Soraya em ambas as bochechas. Ela parece feliz e surpresa, e eu imagino que deveria ter começado a fazer isso há muito tempo, em vez de nossos acenos de cabeça formais.

Tiro o meu casaco e o véu e os penduro num cabideiro próximo. Eu me esforcei para parecer atraente. Não sei se vai funcionar. Se Nasrin perceber como estou bonita, talvez ela cancele o casamento. A possibilidade de que isso aconteça é a mesma de um mulá confessar que assiste *SOS Malibu* em transmissão via satélite ilegal.

Vou para a sala de estar, onde Dariush dedilha seu violão, as pernas sobre o sofá como se ele fosse o rei do castelo. Limpo a garganta para que perceba a minha presença, mas ele continua a tocar sem olhar para mim.

– Oi, Sahar – ele sorri, ainda dedilhando o violão. – As damas do palácio ainda não voltaram.

Eu me sento numa cadeira e o escuto tocar.

– Você conhece esta canção? – ele pergunta.

– Não.

– Cat Stevens.

Ele passa a cantar num inglês desajeitado e eu começo a desejar que ele apenas toque, sem acrescentar o vocal. Ele parece um bobo. Meu sorriso está desaparecendo. Talvez eu devesse ir embora e voltar mais tarde. Dariush para de cantarolar e continua tocando com movimentos delicados, sem fazer contato visual comigo, perdido em seu próprio mundo. A conversa dos Mehdi sobre a nossa reunião é puro otimismo exagerado. Dariush está tão interessado nesse encontro quanto eu.

– Você acredita que esse casamento vai acontecer? – ele pergunta.

Não, eu não acredito. Isso me deixa enjoada e eu quero socar o noivo de Nasrin na cara, com uma plateia de homens vestidos de mulher torcendo por mim.

– Estou feliz por Nasrin – digo.

Venho ensaiando essa frase no banheiro nas últimas duas semanas, checando no espelho para me assegurar de que pareço sincera.

– Não consigo vê-la como uma esposa – diz Dariush. – Ela provavelmente vai levar a Soraya junto, para cozinhar para Reza e costurar os botões das camisas dele.

– Tenho certeza de que ela será uma boa esposa.

Eu realmente desejo isso. Nasrin adora atenção, mas eu acho que Reza irá cair de amores por ela, e Nasrin, por sua vez, será boa para ele. Reza parece ser o tipo que gosta de receber ordens... Um idiota sortudo.

– Casamento é uma farsa – Dariush diz com um tom determinado.

Quem sabe há quanto tempo ele vem recitando *isso* em frente ao espelho? Eu me lembro das ocasiões em que ele vinha conversar comigo e Nasrin sobre a garota que ele ia pedir em casamento. Ele falava horas e horas sobre o quanto ela era deslumbrante, um anjo na terra... blá, blá, blá. Quando o pai da garota recusou a proposta de Dariush, ele passou a falar sem parar que ela nem era tão bonita assim, um demônio confundindo seu discernimento. Dariush, como Nasrin, herdou o gene podre dos filhos mimados.

– Você sempre foi inteligente por não se interessar por garotos – ele diz, e eu faço o meu melhor para continuar respirando. Eu sou assim tão transparente?

– Como?

– Quero dizer, é bom que tenha se dedicado aos estudos. Você não vai precisar se casar. Só para esnobar nas festas? Não, você está no caminho certo, Sahar.

Ele está me elogiando pela velha solteirona que vou me tornar um dia. Que cara charmoso.

– Estou feliz por Nasrin.

Agora parece ainda mais ensaiado do que da primeira vez, mas Dariush não dá sinal de que percebeu ou deixa passar enquanto toca outra canção. Soraya entra na sala com uma bandeja com chá, uma xícara para mim e outra para Dariush.

– Soraya, você não precisa fazer isso – Dariush diz.

Ele se levanta para pegar a bandeja das mãos da empregada. Quando era mais novo, Dariush era diferente. Ele adorava ser servido, como se tivesse todo o direito. Desde que começou a trabalhar como mecânico – e depois de ter sido rejeitado por sua noiva –, Dariush gosta de se passar por membro da classe operária quando é conveniente. Ele apenas trocou uma forma de presunção por outra. Ele coloca a bandeja na mesa para que eu sirva nós dois. Soraya vai embora em silêncio. Espero ansiosamente pelo dia em que a filha dela consiga tirá-la dessa casa.

Eu entrego a xícara a Dariush. Ele coloca um cubo de açúcar na boca e o morde, tomando o chá ao mesmo tempo; o líquido molha os pedaços do cubo antes de descer pela garganta dele. Dariush costumava copiar os europeus e misturar açúcar refinado no chá. Agora, ao que parece, ele prefere beber chá como seu povo. Dariush é um palhaço. Eu não deveria pensar isso. Ele não é má pessoa; só precisa amadurecer um pouco. Eu ouço a porta da frente se abrir e então bater, seguido pelos sons de Nasrin e a mãe discutindo. Não dá para entender o que estão dizendo, mas eu não ligo. Estou agitada e nervosa para rever Nasrin.

A senhora Mehdi entra primeiro, chamando Soraya para pegar as sacolas de compras que tem nas mãos. A senhora Mehdi me vê com Dariush e seus olhos começam a brilhar de imediato.

– Ah, olhe só para vocês dois! Tomando chá juntos!

Eu imediatamente coloco minha xícara na mesa, antes que ela tenha mais ideias. Se ela acha que eu vou passar o resto da vida servindo chá para seu filho preguiçoso enquanto ele dedilha sem parar as três mesmas canções, está totalmente enganada. Soraya corre para acudir sua patroa e pegar as sacolas.

— Soraya, traga alguns doces para todos – a senhora Mehdi ordena, ainda de olho em mim e em seu filho distraído.

Ela vem em minha direção e eu me levanto, abraçando-a. Sobre seu ombro, tenho uma visão. É Nasrin num vestido de veludo vermelho sem alças, justo nos lugares certos. Nossos olhares se encontram. Nasrin não parece feliz em me ver. Ou melhor, está se esforçando para não demonstrar, mas seus olhos sempre a traem. Eu fico tensa no abraço da senhora Mehdi. Ela me solta e eu desvio meu olhar de Nasrin, talvez um milissegundo muito tarde. A senhora Mehdi sorri para mim, mas há algo nesse sorriso que eu não consigo decifrar. Abro o maior sorriso que posso enquanto minha mente dispara. *Não tenho pensamentos luxuriosos, apaixonados e furiosos por sua filha. Um único sequer. Não percebe pelo meu sorriso forçado?*

A senhora Mehdi vira a cabeça para falar com Nasrin e eu relaxo um pouco.

— A futura noiva e eu fomos comprar vestidos. Ela insiste em dobrá-los. Vão ficar amarrotados!

Nasrin revira os olhos diante da reclamação da mãe. Faço o meu melhor para não babar.

— Por que você precisa de tantos vestidos? Não vai se casar com apenas um? – Dariush pergunta num tom grosseiro.

— Para as festas, meu filho – a senhora Mehdi explica. – Sente-se direito – ela acrescenta enquanto caminha até onde ele está e se senta. – Sahar, não a vemos há tempos! Espero que não esteja nos evitando.

– Não! É claro que não – gaguejo. Nasrin sorri com malícia. – Estive ocupada estudando e achei que todos estariam muito ocupados com os preparativos para o casamento.

– Estão fazendo um escarcéu por causa desse casamento. Que desperdício. – Dariush é interrompido pela mãe, que faz com que ele se cale.

– Sahar só está com ciúme. – É a primeira coisa que Nasrin diz, e eu olho para ela com um pouco de medo. – Ela está com ciúme porque eu vou me casar e ela não.

– Nasrin! Seja educada! – a senhora Mehdi diz.

Todo mundo está muito seguro do meu futuro como velha solteirona. Será que eu pareço uma simplória ou uma lésbica? Nasrin sai da sala, e eu não vou atrás dela de imediato.

– Essa menina! Perdoe-a, Sahar. Ela tem passado por muito estresse ultimamente – diz a senhora Mehdi.

– Posso imaginar.

Eu achei que Nasrin seguiria em frente e ficaria feliz com toda a atenção que tem recebido. Ela está conseguindo o que queria, não está? Uma vida tranquila, um marido médico boni-tão. E os pais dela finalmente vão amá-la da maneira que ela gostaria de ser amada. Ela terá uma vida maravilhosa.

– Você pode falar com ela, Sahar? – a senhora Mehdi pede. – Ela anda tão irritada ultimamente!

Eu assinto com a cabeça e me esforço para dar passos len-tos até o quarto de Nasrin, em vez de correr como uma atleta olímpica. Música alta vem do quarto; é um dos métodos-pa-drão para abafar nossas conversas – e outras atividades.

Bato na porta e Nasrin a abre. Ela pega meu braço e me puxa para dentro, então fecha a porta e me joga contra ela, trancando-a por dentro. Ela esfrega os lábios contra os meus com urgência. Nunca a tinha visto agir com tanta paixão. Meus olhos se abrem chocados quando aceito seu beijo. Sua língua implora à minha boca para entrar. Eu fecho os olhos e permito que ela entre. Suas mãos estão agarrando meu pescoço, e não sei se ela vai acabar me sufocando. Eu não ligo. Se há uma maneira de morrer, deveria ser esta. Quando eu a escuto gemer, empurro seus ombros. Ela interrompe o beijo para tomar o fôlego e, ofegante, me olha com olhos de predador.

– Onde diabos você esteve? – ela avança na minha direção e une nossos lábios de maneira tão feroz e animalesca que eu a afasto com mais força.

– Pare! Pare com isso! – sussurro.

Ela olha para mim confusa e aborrecida, um tigre selvagem caçando a próxima refeição, sentindo o cheiro de sangue no ar.

– E quanto a ele?

Não consigo dizer o nome dele. Estou impressionada por até mesmo estar pensando *nele*, mas Nasrin vai se casar com ele. Nós duas estamos ofegantes, e ela dá de ombros.

– O que tem ele? – Nasrin diz com tanta indiferença que eu quase acho que ela não sabe a quem estou me referindo.

Eu olho boquiaberta para Nasrin e ela resmunga algo frustrada.

– Você vai se casar! Ou já se esqueceu disso?

– Ah, cala a boca, Sahar.

Ela se afasta de mim e desaba na cama. Nós duas nos olhamos, cada uma esperando pelo próximo movimento da outra. Ela pergunta:

— Onde você esteve?

— Me desculpe por não ter vindo te ver.

— Faz duas semanas! — ela diz com um desespero que eu nunca vi antes. Nasrin contou os dias. Fico emocionada.

— Pensei que seria melhor... Talvez fosse mais fácil pra gente se eu ficasse um tempo sem te ver.

— Para alguém que deveria ser tão inteligente, você é uma idiota — Nasrin diz e eu não consigo acreditar, mas ela está chorando.

Seu rímel está prestes a escorrer, suas bochechas estão vermelhas... e aquilo é ranho? Eu vou até a cama e me sento perto de Nasrin. Ela enxuga os olhos e xinga a si mesma sob os soluços. Durante todos os anos de nossa amizade, Nasrin sempre foi a mais descolada, um pouco alheia a tudo, até mesmo indiferente às vezes. E pensar que eu sempre a seguia como uma boba... Bem, em certas ocasiões era constrangedor, mas era assim que as coisas sempre foram. Isso é diferente.

— Você vai se casar. O que achou que aconteceria? — eu pergunto.

— Eu não pensei que você se afastaria! Não é esse o plano!

Existe um plano? O único plano mencionado foi minha ideia de fugir para um vilarejo remoto.

— Mas você vai ser a esposa dele!

— E daí?

— E daí que me beijar... é traição, não é?

Nasrin olha para mim como se eu fosse a maior idiota do universo. Ela coloca a mão sobre a minha e a aperta.

— Eu não me importo com ele. Preciso dele, mas eu quero você.

Eu preciso me lembrar de respirar, porque não é sempre que Nasrin expressa seus sentimentos. Principalmente em relação a mim. Nasrin passa a outra mão em meus cabelos, me puxando para perto de seus lábios, e eu aceito, faminta. Significa muito para mim ouvi-la dizer o que nunca imaginei que confessaria.

Exceto que, no fim das contas, ela está escolhendo o noivo.

Eu paro de corresponder ao beijo e, confusa, ela olha para mim.

— Nasrin, isso não está certo.

— Eu sei que não está. Acredite, eu gostaria de não ter esses sentimentos por você.

— Não. Estou me referindo a fazer isso quando você está noiva de outra pessoa.

— Ele não precisa saber! Por que você tem que fazer disso um drama?

Eu sempre soube que ela era egoísta. Nas festas de aniversário, Nasrin sempre ganhava a maior flor de confeito do bolo. Quando íamos ao cinema, a pipoca sempre ficava no colo dela. Nós sempre ouvíamos as músicas de que ela gostava. Nós ficávamos apenas meia hora no museu que eu queria visitar, porque acabávamos indo embora depois que Nasrin começava a reclamar que estava cansada.

— Você quer que eu continue com isso? — pergunto para Nasrin, sem ter certeza do que gostaria que ela respondesse.

— Sim. Você não quer?

Esse era o plano desde o início. O plano *dela*. Ter o casamento perfeito e me levar junto na jornada. Eu afasto minha mão da dela e toco meus lábios machucados.

— E quanto a mim? Você ao menos pensou em mim?

É claro que não.

Ela cruza os braços e ergue uma sobrancelha.

– Qual é, Sahar? As coisas podem continuar a ser como sempre foram.

Um segredo. Eu devo ficar esperando por ela nas sombras. Quando ela tiver acabado de servir o jantar e cumprir suas obrigações de esposa na cama, eu devo me aproximar e confortá-la. Dizer o quanto ela é bonita. Admirá-la em segredo enquanto ele pode tê-la o tempo todo. Eu sou um cãozinho de estimação. Há quanto tempo ela me vê dessa forma?

– Você é cruel, Nasrin.

Eu me levanto e me dirijo para a porta, mas ela grita meu nome.

– Sahar! O que você esperava? Eu não serei mais nada a não ser a esposa de alguém! É para isso que minha mãe me criou. Como poderia ser qualquer coisa exceto o que ela deseja que eu seja?

– Nós poderíamos ter conversado sobre isso antes de você ter tomado uma decisão!

– O casamento aconteceria de qualquer forma, Sahar. O que você poderia fazer para mudar isso?

O que eu poderia fazer para mudar isso? Não há nada que eu possa fazer. Eu não tenho recursos, nenhum plano de ataque. Sou apenas uma garota. Uma garota. Se ao menos eu fosse um homem. Um homem barbudo que poderia andar por aí com os ombros caídos, vestindo camisas de manga curta sob o sol quente. Se ao menos...

– Quantos meses até o casamento? – eu pergunto a ela.

– Três. Por quê?

Eu a beijo com ferocidade, e dessa vez é ela quem fica sem reação.

– Vou encontrar uma maneira. – Eu me asseguro de que ela compreenda que estou falando sério. Percebo que a assustei um pouco, mas ela me beija e isso é toda a confirmação de que preciso.

6

Eu não sei se Parveen virá me ver hoje. A mensagem de texto que enviei para ela foi sincera e ela concordou em se encontrar comigo, mas sempre há a possibilidade de ela não aparecer. Eu não planejei nada, mas se houver algum jeito de ficar com Nasrin, farei tudo o que for preciso. Tomo um gole de refrigerante. Não pude pensar em outro lugar para o encontro exceto o Max Burguer. Estou sentada no andar superior, perto do parquinho das crianças. Dois garotinhos brincam na piscina de bolinhas, e eu espero que eles não sufoquem debaixo delas.

Numa mesa próxima, duas garotinhas estão mostrando para a mãe o DVD que veio com o lanche delas. Normalmente é um desenho animado pirata de boa qualidade. Nasrin às vezes pede o lanche infantil apenas por causa do filme. Seu favorito é

Toy Story. Os filmes são em inglês, então eu faço o meu melhor para traduzir para Nasrin. Ela nunca usa os óculos para ler as legendas, mas não importa. Meu inglês não é o melhor, mas Nasrin sabe inglês tão bem quanto japonês.

– *Salam*, Sahar *joon* – Parveen diz no mesmo instante em que uma bolinha vermelha voa da piscina e atinge minha cabeça.

Um dos garotinhos me olha como se pedisse desculpa, enquanto o outro dá risada. Parveen sorri, mais da minha expressão do que por eu ter sido atingida pela bolinha. Ela se senta diante de mim. Está deslumbrante, mas ainda me sinto constrangida e tenho dificuldade para olhá-la nos olhos.

– Obrigada por vir me encontrar – eu digo.

Parveen mantém as mãos sob a mesa, e eu me sinto grata, embora ela não faça isso por minha causa.

– Estou feliz por vê-la de novo, Sahar. Nós não tivemos muita chance de conversar na festa.

Ficamos em silêncio, e já que fui eu quem marcou o encontro, eu realmente deveria começar a falar. Ensaiei o que queria dizer, mas agora que estou cara a cara com Parveen, as palavras não querem sair.

– Você quer um hambúrguer? – eu pergunto, e ela parece se divertir.

– Tenho que cuidar da minha aparência feminina. E por algum motivo, não acho que vim aqui para comer – ela diz.

Evito contato visual e olho novamente para as duas garotinhas e a mãe, comendo seus hambúrgueres.

– Bem, Ali me disse que, hum... que você, uh, era... O que eu quero dizer é que é realmente bacana... você sabe, as coisas que aconteceram e que você é... hum, que você...

– Que eu sou transexual.

Eu fico boquiaberta diante da facilidade com que Parveen declara isso. E se alguém tiver nos ouvido? Ela não tem medo?

– Sim. Isso.

– Eu presumi que você tivesse descoberto. Você começou a agir de maneira distante comigo no fim da festa.

Eu me sinto horrível.

– Ali me disse.

Ela assente com a cabeça e parece murchar um pouco.

– Ele não deveria ter feito isso. É algo particular. Quero dizer, sinto orgulho de quem eu sou, mas não anuncio isso para todas as pessoas que eu conheço.

Eu sinto que ela está desapontada tanto pelo fato de ter sido Ali quem, sem pensar, revelou seu segredo quanto por eu ter descoberto. Eu deveria estragar mais uma das camisas de Ali só para ensinar uma lição a ele. Parveen arruma o véu, mesmo que ele não tenha saído do lugar desde que ela se sentou. É como se quisesse lembrar todos à nossa volta que deveria realmente estar usando um. Ela é uma mulher, então tem o direito de se submeter aos mesmos códigos de vestuário opressivos que o restante de nós.

– Me desculpe se eu reagi mal. Você é a primeira pessoa que conheço que, hum, bem... você sabe – eu digo, me esforçando para manter contato visual. Preciso que ela confie em mim, se eu quiser que me ajude.

– Você não é a primeira a reagir dessa forma. Algumas pessoas reagiram bem pior – ela diz enquanto ergue discretamente uma das mangas. Em seu braço, eu vejo duas cicatrizes circulares, do diâmetro de um cigarro. – Eu cometi o erro de não abrir o jogo logo de cara com um namorado. Ele não era o cavalheiro que imaginei que fosse.

Antes que eu perceba, esfrego dois dedos sobre uma das cicatrizes. Eu sei que foi a coisa certa a fazer, porque o braço de Parveen relaxa. Eu encontro seu olhar, e ela inclina a cabeça para o lado, avaliando minhas intenções.

– Ele era um idiota.

Não é a coisa mais articulada que eu poderia dizer, e provavelmente deixa claro que, no fundo, sou apenas uma garota de 17 anos, mas ela sorri e eu acho que essa coisa toda talvez não termine de forma tão ruim quanto eu imaginava. Eu afasto minha mão de seu braço, e ela abaixa a manga.

– Está tudo bem. Ele tem uma mulher muito gorda e feia agora.

Eu solto uma gargalhada e ela dá uma risadinha. Espero que possamos ser amigas. É tão bom rir de novo. Mas eu sinto que ainda é muito cedo para começar a disparar perguntas sobre sua mudança de sexo.

– Aquela festa foi uma loucura – eu digo timidamente. Tenho certeza de que Parveen está acostumada com noites mais insanas, principalmente se ela for próxima de Ali.

– Geralmente eu não vou a essas festas – ela diz. – Não curto me relacionar com aquele tipo de pessoas.

Imagino que ela está se referindo ao tipo que vive em festas e se drogando.

– Ali chamou duas mulheres para me levar para casa. Mãe e filha.

Seus olhos se arregalam horrorizados.

– Ele não fez isso! Ah, aquelas duas são sempre tão descuidadas com tudo.

Ela explica que as mulheres na verdade não são mãe e filha, mas é mais fácil esconder seus negócios se elas fingirem ser.

Eu balanço a cabeça como se já soubesse disso, mas apenas porque não quero parecer ingênua sobre absolutamente tudo. Desde a noite em que as supostas mãe e filha me deixaram em casa, procuro o carro delas em todos os lugares em que eu vou. Só quero ter certeza de que a Filha está bem. Eu nem sei o nome da garota, mas algo a respeito dela me marcou. Tenho andado com um pequeno livro de poesia persa na bolsa, para dar a ela se nossos caminhos se cruzarem de novo.

Parveen e eu conversamos sobre coisas corriqueiras. Ela trabalha num banco, mas não contou aos colegas que é trans, porque tem medo de ser demitida. Explica que tem sorte por ninguém perceber. Ela me pergunta sobre a escola e o que eu pretendo estudar. Quando eu falo sobre nossa aula de dissecação no laboratório de biologia, ela parece um pouco enojada, então eu encurto a conversa e explico que estou interessada em ser cirurgiã. Parveen diz que deve a vida a seu cirurgião, porque estava desesperada e cansada de estar presa no corpo errado.

— Por quanto tempo você se sentiu assim?

— Desde que eu era bem pequena. Sempre me senti pouco à vontade. Eu costumava me vestir com roupas de menina e então me sentia aliviada. No começo, meus pais não se importaram. Eles achavam engraçado. Foi só quando quis sair de casa vestindo roupas femininas é que eles ficaram nervosos.

Isso faz com que me lembre do dia em que contei à mamãe que eu queria me casar com Nasrin, quando tinha 6 anos. Mamãe me disse para nunca mais mencionar aquilo, então eu enterrei esse pensamento bem no fundo da minha mente, mas isso nunca pareceu certo. Eu queria ficar com Nasrin o tempo todo.

— Você tentou ser, como, hum... Quero dizer, você não poderia apenas parar?

Sei que é uma pergunta idiota. Gostaria de deixar de amar Nasrin, mas eu não consigo. Deve ser a mesma coisa com Parveen.

– Eu tinha barba quando era adolescente – ela diz. – Coçava e era horrível.

A mãe que está sentada perto de nós com as filhas se levanta de repente, falando para as crianças se prepararem para ir embora. Ela apressa as garotinhas e não retira as bandejas da mesa. Ela leva as filhas pela mão e olha com desprezo enquanto sai de maneira precipitada. Meu rosto ferve, mas Parveen dá de ombros.

– Ouvir conversa alheia é muito feio! – Parveen diz, alto o suficiente para a mulher ouvir. Ela não parece perturbada com a reação da mulher. Eu me pergunto com que frequência Parveen se vê em situações como essa. Eu não seria tão corajosa, acho. Mas, se eu tivesse a garota dos meus sonhos comigo, talvez eu não ligasse para o que as outras pessoas dissessem. Eu finalmente reconheço que estou faminta, Parveen dá risada e diz que ela também está com um pouco de fome. Nós pedimos dois combos.

Às vezes, quando como hambúrguer, finjo que moro no Ocidente. Eu ouvi falar que os europeus tratam *fast food* como comida *gourmet*, e os americanos ficam cada vez mais gordos. É por isso que eles parecem sempre felizes. Às vezes eu finjo que moro em Los Angeles. Os tios de Nasrin vivem lá e mandam fotos. Eles têm três carros e é sempre ensolarado lá. Onde eles moram quase todo mundo fala persa e o Ano-Novo é celebrado com grande pompa e cerimônia, como em Teerã. Eles veem os astros de cinema no supermercado e têm os carros abastecidos por nossos cantores pop exilados. Nasrin acredita em tudo isso. Deve ser legal morar num lugar onde há diferentes tipos de pessoas. Como eles lidam com toda essa diversidade?

Parveen mordisca seu hambúrguer como uma dama e eu me sinto um bufão mal-educado. Tenho certeza de que minha boca está toda suja de *ketchup*. Ela limpa os lábios com um guardanapo, e sua grande mão fica bem na minha linha de visão e no centro da minha atenção, fazendo com que me lembre do motivo de eu estar ali.

— Imagino que eu estava curiosa porque acho que sou diferente — eu digo, e suas sobrancelhas arqueiam demonstrando interesse. Eu ainda não tenho certeza se posso contar meu segredo, mas posso fazer alusão a ele. — Eu me sinto desconfortável em meu corpo, também. — Isso não é de todo mentira. Só não é pelos mesmos motivos que talvez ela possa pensar. Parveen parece reconhecer algo em mim quando inclina a cabeça para o lado. Eu sei o que é ser diferente. E ela sabe que eu sei.

— Ali sabe como você se sente?

Ele sabe que estou apaixonada por Nasrin. Só não sabe que estou preparada para fazer o que for preciso para ficar com ela.

— Não, eu não contei a ele — digo. Mentir por omissão não é tão difícil. Eu deveria entrar para a política. — Acho que eu só quero aprender mais sobre... bem, sobre algumas coisas. Você sabe, tomar decisões bem pensadas e tal.

Restam tão poucos meses até o casamento. Eu não tenho tempo para decidir se estou tomando a decisão certa. Parveen me avalia, me examinando cuidadosamente para ver se estou sendo sincera. É melhor ser convincente.

— Estou desesperada. Sei que você não me conhece direito, mas não sei mais o que fazer.

Minha voz vacila e estou tremendo um pouco. A expressão de Parveen se suaviza.

– Há um encontro de grupo daqui a três dias, se você quiser participar. Você pode ver se se identifica com as histórias deles.

Ela pega uma caneta na sua bolsa de mão vermelha e anota o endereço e o horário do encontro num guardanapo de papel. Eu tenho que ficar me lembrando de ser corajosa. Eu posso fazer isso por Nasrin. Eu posso fazer isso por nós. Parveen dá uma última mordida em seu hambúrguer e então coloca mais da metade dele de volta na bandeja. Ela afasta a bandeja para longe, enjoada, e sua falta de apetite faz com que eu me sinta gorda, já que devorei o meu sanduíche em tempo recorde.

– Os sacrifícios que fazemos para ficar bonitas – Parveen suspira.

Sacrifícios. Quantos até conseguir o que se quer? Eu com certeza deveria começar uma dieta. Mas se eu for em frente com isso, provavelmente terei que ganhar massa. Não serei tão alta quanto o futuro marido de Nasrin, mas se eu ganhar um pouco de músculos, talvez possa vencê-lo numa briga. Improvável, mas é um sonho legal. Antes de deixarmos o restaurante, eu compro um hambúrguer para levar para *Baba*. Tenho coisas mais importantes em que pensar do que preparar o jantar.

7

Eu corro todo o caminho entre a minha escola e a de Nasrin e paro para tomar fôlego em frente ao portão do prédio. Faz alguns dias que não a vejo. A casa dela parece um zoológico, com todos os preparativos que a mãe dela continua fazendo e com Dariush vagabundeando pela casa como de costume. De vez em quando ele conserta um carro, embora seja sempre para alguém que não pode pagá-lo no prazo combinado. Cyrus habitualmente veste um terno e segue o senhor Mehdi para todos os lugares como uma galinha perdida, bicando o sapato do pai quando vão à fábrica de pistache. Eu não quero me encontrar com Reza. Talvez acabe vomitando em seus sapatos. Ou confesse sobre as exaltadas sessões de beijos com sua futura esposa.

Vejo Nasrin sair do prédio cercada por um enxame de garotas. Ela é a única que tirou o uniforme e está com um véu casualmente arrumado na cabeça e um moderno casaco comprido. Fico chocada por não ver nenhum professor ali para repreendê-la. As outras garotas a cercam como se ela fizesse parte da realeza, e é fácil saber por quê. Aquele maldito diamante gigantesco em seu dedo. Ela nunca o usa quando nos encontramos. Todas as garotas tagarelam em volta de Nasrin, mas ela não olha para nenhuma delas. Ela olha somente para mim. É nesses momentos que todo o sofrimento parece valer a pena. Nasrin sorri com malícia e eu encolho a cabeça, tentando esconder das amigas dela as minhas bochechas coradas.

Assim que as garotas me veem, começam a me tratar como se eu fosse o embaixador alemão que poderia arrumar vistos para elas. Nasrin disse a elas o quanto eu sou importante, embora não tenha revelado o verdadeiro motivo para isso. Nós caminhamos ao longo da calçada que ladeia uma rua movimentada, e eu escuto as garotas tagarelarem sobre buquês, bufês e salões de festas em hotéis. Para elas, Nasrin é uma vencedora. Nasrin e eu andamos em sincronia e de mãos dadas. Não é incomum as mulheres se darem as mãos, ou os homens – tudo isso é visto como um gesto inocente. Segurar as mãos de alguém do sexo oposto?... Bem, é melhor que os dois sejam casados. Duas das garotas do bando de Nasrin vão embora, e duas continuam conosco. Essas garotas são novas para mim, e eu presumo que estejam fascinadas com o iminente casamento de Nasrin ou com Nasrin de maneira geral. Eu percebo que uma delas está examinando Nasrin com um olhar que é um pouco mais que amigável. Ela está apaixonada, coitadinha.

Será que eu fico desse jeito quando estou perto de Nasrin? Alá não permita, eu espero que não.

Continuo enfeitiçada pelos encantos de Nasrin e não percebo o carro de polícia. Dois oficiais saem da viatura e vão imediatamente na direção de Nasrin.

– Há algum motivo para os seus cotovelos estarem à mostra? – o primeiro policial pergunta, e o meu coração para de bater por um momento. Não é a primeira vez que vejo esse tipo de interrogatório. Não quero que eles machuquem Nasrin. As duas admiradoras fugiram, e eu permaneço próxima de Nasrin, olhando para seus antebraços cobertos por mangas três quartos. Gostaria que ela não fosse tão escrava da moda. Seu casaco verde-escuro é bem ajustado ao corpo, e ela descuidadamente deixou as mangas levantadas acima dos cotovelos. Como de costume, o véu frouxo mal cobre a parte de trás de sua cabeça. Eu preferiria que ela vestisse uma burca afegã encharcada em suco de alho do que vê-la em perigo.

Algo que não entendo em Nasrin é seu pouco-caso pelas consequências. Ela fita o primeiro policial nos olhos, encontrando seu olhar aborrecido de predador, e banca a completa inocente.

– Minhas roupas encolheram depois de serem lavadas! – ela mente. – Eu não tive tempo de trocar.

Eu vejo a arma do policial em seu coldre. Ele pega o cassetete e começa a bater na própria mão. Eu me coloco na frente de Nasrin.

– Senhor, a mãe dela está doente, e minha amiga é terrível quando o assunto são tarefas domésticas. Ela colocou a roupa na secadora por muito tempo – eu digo com o tom de voz mais desesperado.

O policial nos olha com escárnio, segurando firme o cassetete em sua mão carnuda. O policial maior, atrás do primeiro, olha para mim. Eu não o reconheço de imediato. Ele está de óculos escuros e chapéu militar. Mas, quando ele cruza os braços em frente ao peito, eu reconheço Farshad, o porteiro da festa de Ali. Ele me reconhece também, e seus lábios estremecem.

– Sua amiga parece uma prostituta – ele diz.

Não é incomum um policial falar assim. Eu quero arrancar os olhos dele com as unhas. A pior hipótese seria Nasrin ser presa. Algumas garotas vão para a prisão virgens e saem de lá destroçadas. Prefiro morrer a deixar isso acontecer com Nasrin.

– Ela não é muito esperta, senhor – eu digo.

Ouço Nasrin tossir atrás de mim. Ela não deveria levar isso tão a sério. Estou apenas tentando salvar a pele dela. Às vezes Nasrin é bastante infantil.

– Você está vestida de maneira adequada, irmã – o outro policial diz. – Deveria dar umas dicas de moda para a sua amiga prostituta.

Embora esteja aterrorizada, não consigo não me sentir ofendida. Ele está me chamando de simplória? Estou com meu uniforme da escola, um casaco azul-escuro largo e que vai até abaixo do joelho, e um véu vermelho bem ajustado à cabeça, deixando apenas o meu rosto à mostra. Eu deveria ter colocado um pouco de maquiagem?

– Normalmente ela se veste como eu – explico. – A mãe dela está doente e não tem tempo de verificar como minha amiga está vestida antes que ela saia para a rua. Nós vamos direto para casa e isso nunca mais vai acontecer. Eu juro.

O primeiro policial aperta seu cassetete de novo, e isso me faz me lembrar de uma garota da escola que foi pega numa festa com bebida alcoólica. Depois de uma conversa com um policial superzeloso, dois de seus dedos foram quebrados e ficaram roxos, e ambas as mãos ficaram feridas.

— Deixe que eu cuido delas — Farshad diz.

Seu peitoral é ainda mais impressionante à luz do dia. Eu não sei se ele vai nos ajudar ou nos machucar. Se Farshad realmente nos machucar, Ali vai descobrir, mas eu não conheço a natureza do acordo entre os dois. O policial menor e mais ameaçador abre caminho para Farshad, que pega a mim e a Nasrin pelo braço. Ele nos empurra para o banco de trás de sua viatura e bate a porta. Nasrin está chorando, histérica e gritando meu nome sem parar. Eu assisto Farshad dar um tapinha no ombro do outro policial, e então o homem sorri com malícia e entra num restaurante.

As pessoas que passam por ali olham para nós através da janela da viatura. Algumas parecem se solidarizar, enquanto outras parecem se divertir com o espetáculo. Nasrin cobre o rosto com as mãos e eu esfrego suas costas com pequenos movimentos circulares, assegurando-lhe que tudo vai ficar bem. Farshad entra no carro, põe o cinto de segurança e dá a partida.

O carro está tomado pelos sons histéricos de Nasrin e do rádio da polícia. Ela continua murmurando sobre as coisas que seus pais farão com ela quando descobrirem. Eu tento encontrar o olhar de Farshad no espelho retrovisor, mas ele ignora nossa presença. Ele não é a pessoa mais fácil de interpretar.

— Sahar, estou tão assustada — Nasrin diz enquanto descansa a cabeça em meu ombro. Eu envolvo seus ombros de maneira protetora com um braço.

Farshad nos leva para uma parte da cidade perto da Universidade de Teerã e estaciona o carro numa ruela lateral. Ele vai nos estuprar. Ele é tão grande! Eu não vou conseguir tirá-lo de cima de Nasrin. Talvez eu consiga poupá-la me oferecendo, se for preciso. Ah, até parece. Quem se aproveitaria de mim quando Nasrin é um alvo muito mais bonito? Farshad se vira no assento e olha para mim.

– Vire à direita na rua principal até ver o Restaurante Javan – ele diz. – Peça por uma mesa e diga ao *maître* quem você é. Seu primo vai acabar aparecendo lá.

Chocada, Nasrin olha para mim, e eu agradeço a Farshad. Ele assente com a cabeça, se vira e espera até que desçamos do carro. Eu me arrasto para fora da viatura e puxo o braço de Nasrin. Seu corpo está mole por causa do choque, e eu a arrasto atrás de mim. Depois que descemos, Farshad arranca com o carro para fora da ruela, a fumaça do escapamento nos cobrindo de vergonha. Nós tivemos sorte. Nasrin permanece catatônica até que eu a puxo para um abraço.

– Você está bem? – pergunto. Ela se afasta de mim de repente. É apenas um abraço, sua pirralha paranoica. – Nasrin, até o dia do seu casamento, você poderia usar calças e camisas de manga comprida? Ou pelo menos parecer uma tenda ambulante em vez de uma deusa do sexo?

Ela solta uma risada nervosa e animada, mas eu acho a situação tudo menos engraçada.

– Você teve sorte de eu conhecer aquele policial! Não sabe o que poderia ter acontecido?

Até que enfim sou eu quem sabe o que está acontecendo. Ela precisou de mim hoje, e isso faz com que me sinta bem. A risada de Nasrin diminui, mas ela ainda tem um resto de sorriso nos lábios, e eu me esforço para não bater nela. Ou beijá-la.

– Você acha que eu pareço uma deusa do sexo?

Nasrin é mais do que irritante. Eu a pego pela mão de modo ríspido e a levo para a rua principal que Farshad nos disse para seguir. Caminho rapidamente, arrastando Nasrin atrás de mim enquanto abro caminho freneticamente através da multidão, meus olhos procurando atentamente pelo Restaurante Javan.

– Desde quando você é tão misteriosa? – Nasrin grita para mim através do barulho da multidão. – Eu deveria ser a mais excitante!

Ignoro sua conversa fiada e encontro o restaurante. Avançando com energia, me encaminho para a entrada, sentindo a respiração de Nasrin na minha nuca. O aspecto do Restaurante Javan é parecido com o do apartamento de Ali. O lugar está lotado. Diferentemente da festa no apartamento de Ali, ninguém está dançando, mas os penteados elaborados, braços depilados e rapazes usando rímel são familiares. É claro que Ali aparecerá no restaurante mais tarde.

– Posso ajudá-las? – Um homem baixinho, careca e robusto, com um bigode fino, olha para nós desconfiado. Ele está trajando um terno laranja berrante.

– Será que *nós* podemos ajudar você? – ouço Nasrin resmungar de um jeito indelicado.

– Meu nome é Sahar Ghazvini. Eu... hum, Ali é meu primo.

Antes que eu possa dizer mais alguma coisa, as sobrancelhas dele se erguem tão alto que eu tenho medo que levitem para fora do rosto.

– Você é a priminha de quem ele vive falando! Entre, por favor.

O homem baixinho nos leva para o meio do restaurante. Eu sinto os olhares sobre mim, de todas as direções. Alguns dos presentes até mesmo sorriem para mim, reconhecendo-me da festa da outra noite. O baixinho nos acomoda numa área reservada, num mezanino. As mesas ali têm toalhas de linho brancas e limpas, diferentemente do restante do restaurante, onde as mesas de madeira estão bem juntas, não deixando espaço para os clientes respirarem.

Eu me sento e inspeciono os arredores. Não há um detalhe de decoração ou de propaganda que sugira que este estabelecimento é diferente de qualquer outro restaurante, mas a clientela definitivamente é reveladora. Ninguém toca ninguém, mas todos os clientes se sentam excessivamente perto uns dos outros. Um homem magro puxa um chiclete da boca sugestivamente e o retorce no dedo enquanto observa diante de si um valentão gorducho trajando camisa com colarinho. O homem baixinho que nos recebeu dirige-se a mim e a Nasrin novamente.

– Nossa cozinha está pronta para preparar qualquer coisa que vocês queiram! Gostariam de experimentar o *joojeh kabob*?[16] Qualquer coisa que não tivermos, podemos arranjar para vocês. – Ele fala de forma excitada e nervosa, e eu tenho certeza de que Ali tem alguns acordos ilícitos no lugar. Quer esteja vendendo DVDs, álcool ou drogas, eu imagino que Ali faz do restaurante seu quartel-general.

– Não, obrigada, senhor – eu digo – Vamos apenas esperar Ali, se não tiver problema.

– Eu vou querer um suco de laranja e baclava,[17] se tiver – Nasrin diz, e eu lanço um olhar duro para ela. Não estamos ali para tomar lanche! O homem vai embora rapidinho e grita a ordem para seus funcionários enquanto os outros clientes olham

---

[16] Espetinho de frango. (N. da T.)
[17] Pastel recheado com pasta de nozes e banhado em xarope ou mel. (N. da T.)

para nós, trocando sussurros não tão discretos. Nasrin relaxa em sua cadeira, olhando o cardápio como se não estivéssemos numa situação perigosa apenas alguns momentos atrás.

Ela suspira.

– Eu não deveria comer muito, porque preciso comprar vestidos, mas estou morrendo de vontade de comer *zereshk polo*.[18]

Eu não acredito que é nisso que a minha vida se transformou.

– Nasrin, logo que Ali chegar, nós temos que ir embora daqui. Eu não acho que é seguro. – Eu olho de um lado ao outro, desejando que ninguém que me conheça esteja ali.

– Ah, relaxa, Sahar. Nós nem sabemos quando Ali vai chegar. Ainda está claro lá fora, e Ali é uma criatura noturna.

Ela não está errada em relação a isso. Ali vive a maior parte da vida no escuro.

– Divirta-se apenas. Além disso, vai ser legal para a gente colocar a conversa em dia, já que você está sempre estudando ou me evitando.

– Não estou evitando você. Só me sinto culpada. Quero dizer, quando realmente vejo você.

O que eu quero dizer de verdade e não posso é que, quando as nossas bocas estão grudadas, eu sinto como se Alá estivesse olhando para uma pecadora traidora muito convencida.

Nasrin abaixa o cardápio lentamente e ergue a sobrancelha de uma maneira que pode ser interpretada como qualquer coisa, menos sugestiva.

---

[18] Prato típico da culinária persa, preparado com arroz, frutas secas e frango. (N. da T.)

– Mas eu amo nossas sessões de estudo! – ela diz, e eu sinto meu rosto ficar quente. – Você sabe que eu conto com você para me educar.

O homem baixinho e dois garçons se aproximam com pratos de tâmaras, baclava, uma bandeja com chá, e suco de laranja e de romã. Eles colocam os pratos diante de nós como se fôssemos da realeza. Nasrin está acostumada com esse tratamento e acena com a cabeça para os garçons antes de se atirar sobre a comida.

– Senhor, de verdade, acho que não podemos pagar por tudo isso – eu protesto, mas ele balança a cabeça.

– Por favor, é o mínimo que podemos fazer – o homem diz. – Nós ligamos para seu primo, e ele deve chegar logo. É um cliente muito especial. Por favor, aproveitem a refeição e não hesitem em pedir por qualquer coisa mais que desejarem.

Antes que eu possa protestar, ele vai embora rapidamente com seus garçons, como se eu fosse a rainha Farah. Nasrin enfia um pedaço inteiro de baclava na boca, ignorando as migalhas que ficam grudadas nos cantos dos lábios.

– Humm. Nada mal. Queria saber onde eles arranjam os pistaches.

– Nasrin, nós não deveríamos estar aqui.

– Por que não? Não é chique nem nada, mas a comida deste lugar é razoável.

Ela estende o braço para pegar outro doce. Eu vejo o cara gordinho com camisa de colarinho esticar os braços, flexionando os músculos de um jeito nada sutil. O magrelo mascador de chiclete percebe. Tudo isso é muito óbvio. Eles só precisam colocar lá fora uma foto de dois caras se beijando para avisar aos cidadãos onde é possível arranjar um encontro com um homem.

Exceto que isso é ilegal. Assim como uma garota deixar a droga dos cotovelos à mostra.

– Quer um pouco de suco de laranja? – Nasrin pergunta, e eu nego com a cabeça. – Bem, posso tomar o suco de romã? Dizem que faz bem para a pele, e eu não posso correr o risco de ter nenhuma espinha.

Ela tagarela sobre as discussões que tem tido com a mãe a respeito dos preparativos para o casamento, ignorando o lugar onde estamos. Eu acho que o melhor é não alertá-la para o ambiente incomum em que nos encontramos. Ela pode ter um ataque de pânico.

– Qual é o problema, Sahar? Você está tão nervosa.

– Nasrin, eu sei que você sempre viveu numa situação melhor do que todo mundo, e agora tem sua vida perfeita planejada... mas acorda! Nós quase fomos presas! Quem sabe o que poderia acontecer com a gente? Às vezes você consegue ser tão *burra*!

Eu estremeço assim que a última palavra sai da minha boca. Eu nunca chamei Nasrin de burra. É um assunto delicado para ela – Nasrin sabe que as pessoas a veem como uma garota bonita e burra. Na verdade ela é bem esperta, mas parece que eu sou a única que sabe disso.

– Sinto muito, não queria perder a paciência – eu me desculpo.

– Ah, foi isso que acabou de acontecer? Desculpe, sou tão *burra* para interpretar emoções.

Ela não vai facilitar as coisas. Desde o noivado, apareceram muitas rachaduras em nossas armaduras. Eu me pergunto qual de nós duas vai sucumbir primeiro.

– Estou brava porque nem sempre posso proteger você. Eu preciso que seja mais cuidadosa, porque se te acontecer alguma coisa... – minha voz começa a falhar.

– Não chore, Sahar. Shhh, não faça isso. – Ela coloca a mão sobre a minha.

Eu não choro com frequência na frente dela. Nasrin é a chorona, especialmente se outra garota estiver usando o mesmo vestido que ela numa festa. Mas agora parece que sou eu quem fica chorando na frente de Nasrin, chorando por causa de Nasrin, chorando por estar sem Nasrin. Estou tão cansada. Enxugo os olhos com a outra mão e ela lentamente retira a dela. Ela me dá um sorriso discreto, e seus olhos brilham por um instante. Por minha causa. Ninguém mais recebe esse olhar. Eu me sinto melhor.

– Olá, bonecas! Se meteram em encrenca hoje?

Enquanto Ali caminha em direção à nossa mesa, todos os olhares estão sobre ele. Seu andar é firme e indiferente; ele está acostumado aos olhares luxuriosos, aos rumores invejosos. Eu não ouso perguntar que tipo de negócio ele faz aqui. Nasrin e eu nos levantamos para cumprimentar Ali e ele nos beija em ambas as bochechas, sem se importar com os olhares curiosos ou com o perigo que tal gesto poderia ocasionar.

Nós nos sentamos e o homem baixinho aparece de novo, com três garçons dessa vez. Ali pede duas porções de *kabob soltani*[19] e *zereshk polo*, que ele sabe ser o favorito de Nasrin. Os garçons se afastam rapidamente da nossa mesa. Isso é incomum para funcionários de restaurante no Irã. Geralmente os garçons

---

[19] Filé de cordeiro, boi ou frango grelhado, com cebolas, açafrão, azeite e especiarias. (N. da T.)

aparecem quando querem, e você pode ou não receber sua comida em duas semanas. O baixinho faz um comentário sobre a jovem adorável que eu sou. Ali o trata como uma espinha que ele está tendo dificuldade para espremer. Depois de mais algumas reverências, o homem vai embora. Ali revira os olhos para nós, e não se dá ao trabalho de explicar por que ele é tão importante ali.

— Farshad me ligou. Ainda bem que ele estava lá — Ali diz, olhando para mim preocupado. Meu primo sempre burla a lei, mas o engraçado é que a única vez em que me meto em encrenca Ali fica aborrecido.

— A culpa foi minha — Nasrin confessa. — O policial não concordou com meu estilo *fashion*. — Eu sei que ela faz isso apenas por mim. Em qualquer outra situação, ela colocaria a culpa em outra pessoa.

— Parece que a minha prima só arranja problemas por sua causa — Ali diz. — Espero que você valorize a *amizade* dela. — Esta talvez seja a primeira vez que o vejo zangado.

— Eu valorizo, sim, a *amizade* dela — Nasrin responde de forma ríspida. — E não gosto da maneira como você insinuou o contrário!

Os dois se encaram como princesas duelando pelo último batom.

— Bem, logo, logo seu marido é quem terá que se virar com você. Qual é o nome dele mesmo? Ramiz? Rasheed?

Eu até gosto que Ali tenha dito isso, mas depois me sinto culpada. Isso me faz lembrar que estou ficando sem tempo, porque Reza é muitas coisas, mas insignificante não é uma delas. Mesmo assim, eu não estou pronta para revelar aos dois o meu plano meio insano.

– Pelo menos eu tenho pessoas que se importam comigo. Diferentemente dos falsos amigos para quem você empurra drogas – Nasrin rebate.

Mas este não é o lugar para desafiar Ali.

– Se vocês dois se importassem comigo, não me colocariam em situações perigosas o tempo todo – eu digo.

Eles olham para mim, as expressões se suavizando.

– Bem, que graça teria se não a colocássemos em situações perigosas de vez em quando? – Ali diz com um sorriso largo. – Você seria tão entediante, recitando anotações de biologia o tempo todo.

Nasrin ri. Tudo bem. Se for preciso que zombem de mim para que se deem bem, então que seja.

Esse tempo todo, Ali vem mexendo nervosamente no celular.

– Arranjei uma carona até o seu apartamento.

– Ali, não! Elas de novo, não!

Eu não sei se Nasrin conseguiria lidar com a dupla "Mãe e Filha". Ali ri um pouco.

– Elas não vão aceitar nenhuma ligação enquanto estiverem dirigindo, eu prometo.

Eu não tenho dinheiro suficiente para pagar um táxi, e não posso arriscar fazer Nasrin pegar um ônibus e se meter em encrenca de novo. Ela cobriu os cotovelos, mas suas mangas não chegam aos pulsos. Eu concordo com a cabeça. Será legal ver a Filha novamente, pelo menos.

– Do que vocês estão falando? – Nasrin pergunta.

– Algumas garotas que trabalham para mim. Elas trabalham com vendas – Ali diz.

Eu não sei se devo rir ou ficar desapontada. Quando foi que Ali virou essa pessoa?

– Elas vão demorar um pouco para chegar. Por que não jantamos, hum?

Ali faz sinal para os garçons e eles correm até a cozinha. Os garçons voltam rapidamente com pratos fumegantes de arroz com açafrão, frango e amoras secas. Quando um prato com *kabob* é colocado diante de Ali, ele sorri para mim de maneira afetuosa. Eu tento retribuir. De repente, não estou com tanta fome.

– Você está bem? – Nasrin pergunta.

Ela sempre sabe quando estou chateada, ou pelo menos quando é conveniente para ela notar. Ali mastiga um bocado de *kabob* com a educação polida e refinada de um aristocrata.

– Sahar não aprova meu jeito de ganhar a vida – ele declara com indiferença.

– Você não precisa ganhar a vida! Você é um estudante – eu digo entredentes.

Ali olha para mim com um ar divertido diante da minha petulância fora do comum.

– Cuidado com o tom de voz que usa comigo neste lugar. Os *outros* estão ouvindo – ele diz num tom zombeteiro.

Os outros. Outros como eu. Ele nem mesmo pode dizer em público o que essas pessoas são. O que *nós* somos.

– Por falar nisso, por que eles tratam você tão bem aqui? – Nasrin pergunta.

Ali olha para ela com deleite.

– Nasrin *joon*, esta é a minha tribo.

A maneira como ele diz isso está repleta de arrogância e orgulho.

– E daí, você distribui CDs piratas para esse povo todo? – Nasrin encolhe os ombros.

Ela realmente está testando a paciência de Ali. Eu a amo por isso. Ele indica a mesa ao lado. Duas mulheres mais velhas estão sentadas juntas e, embora não estejam se tocando, é evidente nos olhos delas o amor que sentem uma pela outra.

– É como olhar para um espelho, não é? – Ali pergunta. – Tomara que vocês duas envelheçam melhor do que aquelas pobres almas ali.

Há um pouco de malícia em suas palavras. Nasrin olha para as mulheres. Como eu disse, ela é tudo, menos burra. Nasrin olha em volta do salão e de repente ela percebe os olhares reveladores que os homens dão uns aos outros. Seus olhos pousam numa mulher com um pomo de adão proeminente.

– Ah, meu Deus! – ela engasga e Ali dá risada.

A expressão mortificada de Nasrin me deixa chateada. Aquelas mulheres sentadas naquela mesa, olhando demoradamente uma para a outra, não são diferentes de nós. Nasrin não tem o direito de ser preconceituosa. Ela começa a hiperventilar e eu digo para ela respirar.

– Ah, você é sempre tão dramática! – Ali diz para Nasrin. – Estou surpreso por vocês duas se entenderem.

– Deixa ela em paz – eu imploro a ele. – Ela não está acostumada com isso.

Eu me pergunto se algum dia eu serei tão ridícula quanto Nasrin está sendo agora. Toco o ombro dela e não ligo para o que o gesto possa parecer.

– Nasrin, está tudo bem. Nós vamos para casa logo. Eu tentei avisar, mas não é tão ruim, é? Ninguém aqui liga para o que nós somos.

Eu não sei se isso é verdade. Poderia haver um oficial da polícia secreta ali, mas Ali está tão relaxado que eu duvido que isso seja um problema. Não sei como Ali faz o que faz, ou até mesmo *o que* faz, mas ele é como o messias gay do Irã, e não tenho certeza se isso é uma honra ou não.

– O que você quer dizer com o que *nós* somos? – Ela está zangada.

Eu deixo seu comentário passar despercebido. Ela não quer se misturar com ninguém ali. Ela não quer ser como ninguém dali. Esta é uma noite cheia de decepções. Ali deixa seu garfo cair com estrondo e encara Nasrin com um olhar furioso.

– Você é uma convidada aqui graças a Sahar. Esse é o único motivo para eu estar tolerando seu modo de pensar ultrapassado.

– Não é ultrapassado se está de acordo com a lei – Nasrin rebate, e eu gostaria de poder sumir dali.

Ali se inclina lentamente sobre a mesa, até ficar quase sobre o prato de Nasrin, fazendo contato visual direto.

– Aqui dentro estamos sob a minha lei. Não se esqueça disso.

Nasrin se encolhe sob o olhar de Ali.

Ele está certo. Quando Ali conclui que Nasrin está desconfortável o bastante, ele volta para a sua cadeira e pega os talheres. Ele corta seu *kabob* e, sem erguer os olhos, se dirige a mim.

– Coma, Sahar. Antes que esfrie.

Eu mantenho os olhos em Nasrin enquanto sua respiração pesada volta ao normal e ela toma um gole de suco. Pelo resto de nossa refeição, não há nada exceto silêncio pesado e suspiros ocasionais. Os suspiros são quase todos meus. O celular de Ali toca e ele responde dizendo:

– Já vou mandá-las sair.

Nós seguimos Ali para fora e eu aceno com a cabeça para o homem baixinho e de roupa chamativa que foi tão simpático conosco. Ali não deixa que paremos para agradecê-lo da maneira apropriada. A Mercedes está esperando por nós lá fora, e eu encaro Ali. Eu quero dar um grande abraço nele, mas as pessoas iriam interpretar isso da forma errada.

– Fique longe de problemas – Ali diz. – Eu sou o rebelde da família, ok? – O brilho em seus olhos faz eu me lembrar de mamãe.

Ali vai falar com a Mãe através da janela aberta do carro, e eu me viro e sussurro para Nasrin:

– Deixe que eu me encarrego da conversa no carro – eu digo, e depois de todos os choques que Nasrin teve hoje, acho que talvez dessa vez ela vai me ouvir.

Abro a porta do carro e deixo Nasrin entrar, e então a sigo para o banco de couro. A Filha se vira para mim, e eu noto um machucado sob um dos olhos. Tento esconder meu estremecimento e faço o meu melhor para não pensar sobre que tipo de cliente lhe deixou esse suvenir. Ela ainda assim consegue dar um sorriso mais largo do que de qualquer um que eu tenha conhecido.

– *Salam!* É bom ver você de novo – a Filha diz. Eu sorrio e espero que seja o suficiente para mantê-la animada.

– É ótimo te ver também! E tenho algo para você. – Eu vasculho minha bolsa. Posso sentir o olhar de Nasrin sobre mim. Tenho certeza de que está com ciúme e se perguntando como eu conheço a Filha. Eu tiro o livro de poesia da bolsa. Antes de entregá-lo para a Filha, meus olhos encontram os óculos escuros da Mãe no retrovisor, pedindo-lhe permissão. A Mãe assente e eu dou o pequeno livro para a Filha.

– É seu assunto favorito – eu digo, e ela ri deliciada.

– Ah, obrigada! Muito obrigada! Vou ler inteirinho! – ela balbucia. – Quando preciso devolver para você? Se você me deixar seu endereço...

Eu a interrompo.

– É seu. Todo seu.

Algo deveria ser. A Filha olha para o livro, acariciando a capa laminada. Lágrimas brotam em seus olhos. Nasrin olha para mim com uma expressão "É sério que ela está chorando?". Não acho que Nasrin entenderia como alguém pode ficar tão empolgada por causa de um livro.

A Filha ri novamente e mostra o livro para a Mãe.

– Você viu o que ela trouxe para mim? Um livro de poemas! Não é maravilhoso?

A Mãe, olhando para a estrada, não pode negar o entusiasmo da Filha. Os cantos de seus lábios se curvam para cima um pouquinho, e isso é o máximo de emoção que eu já vi nela. A Filha se vira para Nasrin e para mim. Ela enxerga Nasrin como se ela fosse um brinquedo novo.

– Sua amiga é muito bonita – a Filha diz, e eu fico vermelha. Nasrin endireita os ombros, satisfeita consigo mesma.

– Obrigada – Nasrin diz. – Você também é muito bonita. Adorei seu batom.

– Você também trabalha?

A princípio, eu não entendo a pergunta da Filha para Nasrin.

– Se eu trabalho? – Nasrin pergunta.

A Mãe vira o volante e finalmente fala:

– Não. Ela não é uma de nós.

Faço o máximo para não rir. Talvez Nasrin realmente pudesse ser uma deusa do sexo.

– Você se sairia muito bem, eu acho. Seria muito procurada pelos homens – a Fi ha diz antes de se virar para a frente.

Uma onda de entendimento atinge o rosto de Nasrin, e seu queixo pode chegar no colo se ela não tomar cuidado.

8

—Não fique nervosa – Parveen diz enquanto esperamos do lado de fora de um apartamento.

Eu disse a *Baba* de manhã que estaria na casa de Nasrin, e Parveen foi me buscar na escola. Estou me tornando uma mentirosa profissional. A porta do apartamento se abre e uma mulher alta e sorridente aparece, provavelmente na casa dos 50 anos, usando óculos enormes e um longo *chador*. Ela se parece muito com uma tenda preta com um rosto sorridente.

– Você conseguiu! Este é o rapaz de quem você me falou? – a tenda pergunta, e eu olho em volta por um momento antes de perceber que ela se refere a mim.

– Sim, Goli *khanum*. Esta é minha amiga Sahar – Parveen diz enquanto entra no apartamento, me puxando pelo casaco.

O apartamento é pequeno, mas bem decorado. Três garotos estão sentados num sofá. Eles parecem adolescentes. Sentada numa cadeira está uma jovem que aparenta ter 25 anos e usa uma maquiagem chamativa. No lado oposto da sala, outra mulher está sentada sozinha. Ela tem uma expressão séria e está encolhida como uma pilha de roupas amarrotadas.

Goli *khanum* põe um braço gorducho em volta de meus ombros.

– *Bacheha*, crianças, esta é Sahar – ela diz. – Ela é amiga de Parveen. Não precisam ter medo de falar na frente dela. Ela tem a mesma doença que nós.

Doença? Sei que não li sobre todas as doenças que uma pessoa pode ter, mas nunca me deparei com mudança de sexo como sendo uma delas. Parveen e eu nos sentamos perto uma da outra num pequeno sofá, nossos quadris se tocando. Eu me sento bem reta, para não ocupar muito espaço. Parveen segura a minha mão e eu relaxo um pouquinho. Os garotos no sofá acenam com a cabeça na minha direção. Um deles é muito bonito e parece confiante. Ele fala primeiro.

– Sou Jamshid. É um prazer conhecê-la, Sahar.

Ele sorri da mesma forma que Parveen. Os dois parecem confortáveis com si mesmos, diferentemente da jovem do canto da sala, que continua brincando com o cabelo.

– Estes são meus dois amigos mal-educados. Shahab e Behrooz – Jamshid brinca, e os garotos tímidos acenam com a cabeça sem dizer nada.

Shahab parece ser bem novo. Behrooz parece uma garota tentando se vestir como um menino. Eu vou ficar desse jeito?

– Jamshid é o cavalheiro perfeito – Goli *khanum* se gaba.

A jovem com uma tonelada de maquiagem no rosto fala em seguida:

– Sou Katayoun. Bem-vinda ao nosso pequeno clube.

Eu não sei se estou pronta para ser um membro de carteirinha.

– Por que você está aqui? – diz a tímida e irrequieta mulher no canto, sem se apresentar.

– Não seja rude, Maryam – Parveen a repreende.

– Ela precisa saber que isso não é uma brincadeira! Não é apenas algo que você experimenta – a voz de Maryam falha. Ela parece não dormir há semanas.

– Maryam está tendo muitas dificuldades com a transição – Goli explica gentilmente.

É óbvio pela tensão na sala que esses encontros não são inteiramente sociais por natureza. Nós ficamos sentados num silêncio constrangedor enquanto Goli vai para a cozinha preparar chá.

– Você está bem? – Parveen sussurra para mim.

Eu não sei o que responder. Jamshid parece bem confiante e livre. Ele se senta relaxado, com as pernas abertas como gosta. Ele definitivamente é um homem. Se eu for adiante com isso, quero ficar como ele. Goli retorna com uma bandeja com chá, e todo mundo exceto Maryam aceita uma xícara graciosamente.

– Alguém tem alguma coisa que queira discutir esta semana? – Parveen pergunta ao grupo.

Ela obviamente é a capitã do time, enquanto Goli é a mãe substituta.

– Eu fui despedida de outro emprego. Estou ficando sem ideias sobre onde posso trabalhar – Katayoun diz.

– Tenho certeza de que podemos encontrar alguma coisa para você. Não desista – Parveen diz. Maryam resmunga alto no canto da sala.

– O que é agora, Maryam? – Parveen pergunta.

Maryam se endireita na cadeira e olha diretamente para Parveen.

– Que emprego Katayoun vai arranjar? Você acha que eles não a discriminam? Ela não consegue passar despercebida como você. Ela não tem uma família que a apoia como a sua. Não a alimente com mais mentiras, Parveen.

– E o que você faz? – Parveen rebate. – Alimenta-a com desespero?

É a primeira vez que eu vejo Parveen perder a compostura. Maryam fez a vida dela parecer tão maravilhosa. Karayoun olha com tristeza para a sua xícara de chá. Eu me pergunto como era sua vida antes de ela se tornar mulher.

O encontro continua e os membros do grupo falam sobre problemas que eles têm enfrentado, com a discriminação de familiares ou em lugares que costumavam frequentar. Os pais de Behrooz o renegaram e ele agora mora com Jamshid num pequeno apartamento. Shahab foi pedir a mão de uma mulher à família dela, e foi expulso da casa antes mesmo que pudesse falar. Maryam não diz nada pelo resto do encontro. Ela não olha ninguém nos olhos, exceto a mim. Seu olhar me deixa desconfortável, e eu tenho que ficar me lembrando do motivo de eu estar ali. Enquanto os membros do grupo falam, Goli *khanum* tenta aliviar suas preocupações, dizendo a eles que tudo vai melhorar e que Alá os ama. É um pequeno conforto, mas parece manter os descontentes do grupo persistindo. Ela também tem suas histórias de sucesso, Jamshid e Parveen, como líderes de torcida.

Os dois falam sobre como sabiam desde pequenos quem eles eram. Parveen fala sobre se vestir de sereia e desejar que fosse uma, para que ninguém pudesse ver sua genitália feia e abominável. Fica claro que os pais de Parveen a apoiam e ela continua morando com eles. Isso parece um presente raro neste grupo. Jamshid também mantém contato com a família e consegue se sair bem nos estudos, embora admita que não conta a muitas pessoas que é transexual, principalmente na faculdade.

Parveen e Jamshid também falam sobre o quanto Goli *khanum* foi maravilhosa para eles quando frequentaram pela primeira vez um encontro religioso sobre a transição, que incluiu uma palestra de um mulá de Qom. O mulá disse que a doença deles não era nada de que deveriam se envergonhar e explicou que transformar farinha em pão não era pecado – assim como mudar de homem para mulher.

– De acordo com a República Islâmica do Irã, não há nada no Alcorão que diga que é imoral mudar o sexo de alguém – Jamshid diz com orgulho.

Eu tenho a impressão de que ninguém no encontro perguntou qualquer coisa a respeito de homossexualidade.

– Você tem certeza de que sente que está no corpo errado? – Jamshid me pergunta.

Eu nunca quis ser um garoto; isso nunca havia me ocorrido antes de conhecer Parveen. Da maneira como todos descreveram a experiência, eu sei que isso não é apenas algo que a gente experimenta. Há uma cirurgia dolorosa, a luta psicológica para se acostumar com o novo corpo, e a perspectiva de não ter nenhuma família para nos apoiar. Tudo isso parece ser apenas o começo.

– Depois da minha transição, minha família sentiu como se seu filho tivesse morrido – Goli diz. – Eles até mesmo vestiram luto por quarenta dias.

Será que eu sinto que nasci no corpo errado? Eu sei como me sinto quando Nasrin surge na minha frente. Eu me sinto forte e fraca. Eu me sinto orgulhosa e envergonhada. Eu sinto amor por ela e ódio por mim mesma. Eu quero me purificar de meus sentimentos por ela, porque eles são errados. Todo mundo sabe disso.

– Sim – eu digo. – Eu sinto que estou no corpo errado.

– Você está mentindo – Maryam diz de seu canto.

Todos gritam com ela por ser insensível. Eles acreditam em mim completamente. Goli diz a Maryam para servir mais chá a todo mundo, e Maryam relutantemente concorda, arrastando os pés em seus chinelos, atravessando a sala até a cozinha.

– É uma grande coisa o que você está fazendo – Jamshid diz. – Admitir sua doença. É preciso coragem para isso, e estamos muito orgulhosos de você.

Eu sinto a aceitação deles, e isso é bom. É legal pertencer a algum lugar. É bom ter esse tipo de apoio de um grupo que entende o que significa ser diferente. É incomum em nossa cultura, mas isso existe. Nasrin e eu talvez tenhamos uma chance.

9

Esta é a última coisa que eu quero fazer. O último lugar em que eu quero estar. Tenho que ficar aqui, porque senão seria suspeito. Mas gostaria de ter podido tomar algumas daquelas drogas que Ali sempre tem com ele.

Odeio comprar coisas para mim. É cansativo. Eu nunca tenho dinheiro para comprar as coisas que realmente gostaria de ter, e as roupas que eu prefiro não estão muito na moda nem são elegantes. Fazer compras com Nasrin é ao mesmo tempo uma agonia e um prazer. Eu adoro vê-la em roupas glamourosas. Eu adoro o êxtase que ela sente quando compra um novo par de sapatos ou um vestido. Eu adoro quando estamos numa loja cheia de mulheres apenas e ela pode rodopiar em frente a um espelho livremente, enquanto as outras olham para ela com inveja de sua juventude. Eu adoro que ela sempre peça a minha opinião.

No momento, Nasrin está experimentando vestidos de noiva.

– O que acha deste aqui? – pergunta a vendedora cordial.

Ela é magra, está de calças jeans pretas justas, sapato de salto alto preto e uma blusa de seda branca. A senhora Mehdi e Nasrin olham o último vestido em exposição e começam a discutir. Esse vestido é tradicional, branco, com mangas e corpete de renda e uma longa cauda. Eu estou sentada num canto, assistindo às duas brigarem enquanto outras vendedoras e clientes circulam por ali com seus próprios dilemas e triunfos em relação ao vestido de noiva. O inferno para onde irei por amar uma garota será bem parecido com esta loja.

Quando chegamos à loja, tivemos que usar um interfone para que a porta fosse aberta. O estabelecimento não tem janelas, então todas as mulheres podem tirar o véu, se desejarem, algo que todas nós fazemos. Dessa vez, no entanto, eu gostaria de ter continuado de casaco e véu, porque me sinto nua.

Todas as mulheres usam muita maquiagem. Algumas rasparam as sobrancelhas e tatuaram outras mais espessas e exuberantes, enquanto outras mergulharam os cílios em tanto rímel que eu me pergunto como conseguem tirar tudo depois.

A senhora Mehdi está explicando mais uma vez a Nasrin por que esse vestido é "perfeito", e é claro que Nasrin está de olho em outro modelo. Elas discutiram sobre cada vestido que viram, e eu não sou corajosa o suficiente para tentar bancar a juíza. A senhora Mehdi parece estar pronta a esganar a filha e Nasrin está praticamente espumando pela boca.

Eu ainda não contei a Nasrin sobre os meus planos. Não é que eu queira pegá-la desprevenida, eu só não preciso colocá-la sob mais pressão, e não quero que ela tente me convencer a não fazer a única coisa que eu posso fazer para nos manter juntas. Não parece tão ruim. Parveen e Jamshid têm vidas plenas, e Jamshid tem mais direitos como homem do que eu tenho como mulher. Ele pode usar camisa de manga curta; pode ter duas esposas ou mais, se conseguir sustentá-las. Eu não posso ter nem uma. Parece ideal, se eu não me lembrar de Maryam e seu rosto deformado e furioso.

Nasrin revira os olhos para a mãe e se volta para mim para fazer beicinho. Ela sabe quanto eu odeio isso. Ela me mandou uma mensagem de texto tarde da noite falando sobre quanto se lamentava por me fazer ir às provas de vestido. Eu não respondi a mensagem. Eu não acho que ela esteja se divertindo muito também.

– Experimente, Nasrin. Que mal pode fazer? – a senhora Mehdi diz irritada.

A vendedora pega o vestido e leva Nasrin até o provador, na parte dos fundos da loja, deixando a senhora Mehdi e eu a sós. Na maioria das vezes, nos damos bem. Ela me conta histórias sobre minha mãe e os pintinhos com que costumavam brincar quando eram pequenas. Ultimamente, no entanto, ela anda meio calada, e eu acho isso preocupante. Tudo é muito educado entre nós. Sem nuances frias ou comentários irônicos, mas seu olhar parece de aço agora. Eu não tenho certeza de quando isso mudou. Às vezes eu me pergunto se ela sabe... Não, Nasrin e eu somos sempre cuidadosas.

Como se para afastar esses pensamentos, a senhora Mehdi se senta perto de mim e, bem-humorada, dá um tapinha em minha perna.

– Estou exausta – ela diz. – Nasrin é tão teimosa quanto o pai.

– Uma hora ela vai escolher um vestido – eu digo. – Ela é muito boa quando o assunto é tomar decisões.

Boa em tomar as decisões certas sobre a pessoa certa que pode dar a ela o tipo certo de vida. Esse casamento é ela sendo precavida. A única ocasião em que decidiu agir assim. A senhora Mehdi toma o chá que uma vendedora preparou para ela alguns minutos atrás. As vendedoras bajulam Nasrin e a mãe, e eu sei que as duas adoram isso. Eu me pergunto se a minha mãe, que nasceu numa família rica, apreciava esse tipo de atenção. Tento não pensar nisso.

– Meu casamento parece ter sido décadas atrás – a senhora Mehdi diz.

Nasrin e eu costumávamos adorar ver todas as fotografias do casamento de seus pais, com os meus ao fundo, como convidados especiais. Minha mãe estava deslumbrante. Nasrin até admitiu que ela estava fazendo a noiva parecer feia, em comparação. Isso sempre me deixou muito orgulhosa.

– Sua mãe era uma grande amiga – a senhora Mehdi se recorda. – Eu estava tão nervosa!

A alguns passos de distância, uma garota emerge do provador, dando gritinhos de deleite por causa do traje que estava vestindo. Ao ver a filha, a mãe começa a chorar. Minha mãe e eu não faríamos uma cena dessas. Ela provavelmente perceberia que eu não me sentiria confortável num vestido elaborado e cheio de babados e, em vez disso, acabaria sugerindo um vestido branco simples. Nós iríamos tomar sorvete em seguida e conversaríamos sobre meus estudos. Nós teríamos feito isso.

– Eu precisei da minha melhor amiga comigo naquele dia – a senhora Mehdi diz, com tristeza. – É importante, decidir passar o resto da vida com alguém, mesmo que você ache que ele não é a escolha perfeita.

Isso me surpreende um pouco. Verdade, eu não vejo o senhor e a senhora Mehdi olharem um para o outro como minha mãe e *Baba* costumavam fazer, mas meus pais são uma exceção. Nasrin às vezes dormia em minha casa quando éramos mais novas, geralmente porque seus pais começavam a brigar feio. Essas brigas aconteciam de vez em quando, mas duravam alguns dias. A senhora Mehdi criticava algo insignificante a respeito do marido, como a maneira como ele mastigava ou que ele estava cheirando a suor, e o senhor Mehdi berrava e gritava. Ficavam sem se falar por alguns dias, mas depois superavam. Nasrin agora se mostra imperturbável diante das brigas dos pais, mas quando tínhamos 8 anos ela chorava em meus braços e eu acariciava seu cabelo. Às vezes mamãe vinha para o quarto e nos animava.

– Estou contente que você vai estar no casamento por Nasrin. Ela vai precisar de você – a senhora Mehdi diz.

– Ela vai ficar bem – eu digo. – Deve ser muito divertido. – Eu tenho vontade de derrubar todos aqueles manequins idiotas com suas perucas berrantes ridículas na cabeça.

A senhora Mehdi toma outro gole de chá e olha para mim friamente.

– Não vai demorar para chegar o seu dia especial, tenho certeza.

Eu solto uma das minhas muitas respostas ensaiadas.

– Ah, não estou pronta para nada disso. Eu ainda tenho muito trabalho pela frente.

– Bem, algum dia você talvez queira começar a sua família, assim como Nasrin deseja. Eu mal posso esperar para me tornar avó! Embora eu não pareça ter idade suficiente para ser avó, pareço? – Não foi do pai que Nasrin herdou a vaidade.

– A senhora parece bem jovem. Tenho certeza de que Nasrin vai esperar a senhora parecer mais velha para lhe dar netos.

Eu não sei se Nasrin realmente tem instintos maternais. Eu nunca a imaginei como mãe, e nunca falamos sobre ter filhos. É por isso que ela está fazendo isso?

– Nasrin adora crianças – a senhora Mehdi diz. – Você já viu como ela toma conta das crianças pequenas nas festas.

Ela tem razão, mas isso é porque a própria Nasrin é uma criança. Nunca pensei que sua afeição por crianças viesse de um desejo profundo de ter filhos, mas talvez eu não quisesse ver isso.

– Sim. Ela realmente se dá bem com crianças.

– Se eles tiverem os olhos de Reza e o sorriso de Nasrin, acho que teremos pequenos destruidores de corações, não teremos?

Outra família feliz. Diferente da minha. A vendedora volta para onde estamos, seguida por Nasrin, que está deslumbrante no vestido branco que a senhora Mehdi insistiu para que ela experimentasse. Eu me sento sobre as minhas mãos.

– Ah, Nasrin, você está linda! – a senhora Mehdi exclama. – Este é o vestido! Este é o vestido certo para você!

Ela já escolheu a vida que a filha deve ter, por que não escolher o vestido também? Nasrin admira a si mesma no espelho e inspeciona as áreas problemáticas que sempre achou ter durante toda a adolescência. Primeiro ela olha para os seios e deseja que fossem um pouco maiores. Então olha para o bumbum e deseja que fosse um pouco menor.

– O que você acha, Sahar?

– Acho que você está perfeita.

110

Acho que essa coisa toda já passou da conta e eu quero tirar você daqui.

– *Você* gosta?

Nasrin olha para mim com tanto afeto que eu penso que posso explodir. As pessoas não costumam perguntar a opinião de Nasrin.

– Eu gosto mais do outro – ela admite, e antes que a senhora Mehdi possa protestar, eu me intrometo.

– Então vá experimentá-lo. Você também vai ficar linda naquele vestido.

Nasrin sorri para mim e desce da pequena plataforma cercada por espelhos. A vendedora a segue com o vestido que Nasrin escolheu, me deixando novamente sozinha com a senhora Mehdi.

– Eu achei o vestido adorável – rosna a senhora Mehdi.

– Era. Mas é o casamento dela.

A senhora Mehdi levanta uma sobrancelha. É o olhar que ela costumava dar para minha mãe quando as duas discordavam de alguma coisa. Mamãe sempre lidou bem com isso. É engraçado como as filhas imitam as mães.

– Às vezes, o melhor para nós não é necessariamente o que queremos – ela diz, e é uma declaração tão ardilosa que não tenho certeza de como devo responder.

Se ela realmente sabe sobre mim, a maneira como eu sou, gostaria que ela me dissesse. Apenas me diga o que fazer – e eu não me refiro a apenas me casar com algum homem e ter filhos. Mas ela não tem nada para me dizer no momento. Eu continuo sentada sobre as mãos, esperando Nasrin voltar. Quando ela reaparece, está ainda mais deslumbrante do que da última vez. Eu não consigo evitar e me levanto, para me aproximar de

Nasrin enquanto ela sobe na plataforma. As outras mulheres na loja param para cumprimentar a senhora Mehdi pela beleza de sua filha.

Nasrin encontra o meu olhar e sorri suavemente.

– Como eu estou?

Não chore. Não chore. Nasrin e eu ainda não discutimos o que vai acontecer conosco depois que ela estiver casada. Eu não posso aparecer o tempo todo e beijá-la em seu quarto. A homossexualidade é perigosa, mas adúlteros podem ser apedrejados até a morte. Nós não podemos continuar juntas se ela de fato se casar. Nós duas estamos com medo de tocar no assunto. Eu não posso pensar assim; todo mundo vai perceber. Faço o máximo para espantar minha melancolia.

– Eu prefiro o outro vestido, mas você está linda – a senhora Mehdi diz.

– Eu acho que este é o vestido! – Nasrin exclama, e a vendedora está tão feliz que parece prestes a chorar.

As mulheres que pararam para olhar soltam juntas um grito horripilante para comemorar o alegre acontecimento.

– Você tomou a decisão certa – eu digo com tristeza.

Nasrin olha para a mãe e ela dá de ombros. Eu me sento perto da senhora Mehdi enquanto as mulheres na loja se aglomeram em volta de Nasrin.

– Acho que nem sempre conseguimos o que queremos – a senhora Mehdi sussurra para mim.

Ela está falando do vestido. Mas agora eu sei que ela sabe sobre mim. Não consigo dizer qual de nós duas é a mais covarde. Eu me sento sobre as minhas mãos de novo, enquanto assisto Nasrin rodopiar em frente ao espelho. Gostaria que ela fosse confiante assim em todas as suas decisões.

10

Minhas notas têm caído um pouco. Nós temos três provas por dia. Tem sido assim desde os últimos anos do ensino fundamental e eu sempre me mantive entre os melhores alunos da classe, mas ultimamente a única matemática que consigo fazer é contar os dias que faltam para o casamento de Nasrin, e as únicas questões em que consigo me concentrar são aquelas relacionadas à cirurgia. O tempo está se esgotando se eu quiser ir em frente com a minha transformação. Eu quero ficar como Jamshid. Ele sabe quem ele é, ele vai à escola, ele leva a vida como um homem de verdade. Mas Shahab e Behrooz parecem garotinhos tristes que não sabiam onde estavam se metendo. E se eu acabar como eles?

Baba ainda não voltou para casa, e eu deveria estar estudando física, mas minha mente não consegue se concentrar nas páginas à minha frente. Esta noite ela está às voltas com as possibilidades com relação à aparência que eu vou ter depois da transformação. Não acho que algum dia serei um homem musculoso ou algo do gênero, e eu provavelmente terei rosto de bebê. Pelo menos não terei mais que descolorir meu buço. Eu me levanto e vou para o quarto de *Baba*. O cômodo é arrumado, porque ele mal fica ali. Geralmente ele dorme no sofá ou numa cadeira da cozinha, e apenas quando o cansaço toma conta dele.

O lado do quarto que era da mamãe está completamente intacto. Os vidros de perfume, de grifes europeias, ainda estão na penteadeira. Perfumes caros eram alguns dos poucos luxos que ela se permitia. Todas as fotos de nós três em seu criado-mudo estão juntando poeira.

Vou ao *closet* de *Baba* e abro a porta pesada, revelando um guarda-roupa adequado para um necrotério. O terno preto vai servir. Isso e uma camisa de abotoar, embora seja uma pena *Baba* não ser do meu tamanho. Eu me dispo e fico apenas com a roupa de baixo, depois me observo no espelho de corpo inteiro que fica ao lado direito da cama. É Nasrin quem fica se inspecionando, beliscando os quadris e olhando para todas as coisas que poderia haver de errado. Agora eu também faço isso. Meus seios são muito grandes e meus quadris, largos. Isso pode ser consertado? Jamshid tem o peito reto, mas ele também tem quadris estreitos. É como se ele estivesse destinado a ser um garoto. O espelho parece bastante convencido de que eu deveria ser uma garota.

Talvez se eu diminuísse um pouco os seios. Se os diminuísse bastante. Visto uma das camisas de abotoar brancas de

Baba, e fica tão grande que eu pareço ter sido engolida por ela, e enrolo as mangas no punho. Em seguida, visto suas calças largas, pretas e muito compridas para mim. Coloco a camisa dentro das calças e imagino Nasrin ao fundo, saindo do chuveiro e reclamando por não ter nada para vestir para ir a uma festa à qual devemos comparecer. As mulheres são insuportáveis. Eu posso pensar assim sendo um homem.

Ela vai falar para eu vestir o casaco preto esporte e dizer que está agradecida por eu não ter muita barba. É uma fantasia, mas eu me deleito com ela enquanto puxo o cabelo para trás e o coloco sob um chapéu fedora que eu sei que meu *Baba* não usa desde que era estudante. Olho para mim mesma de novo. Não funciona. Eu sou uma garota. Fecho os olhos, desejando poder me transformar num homem alto e bonito, com pulsos e ombros fortes. Ali está Nasrin atrás de mim, tirando uma linha de meus ombros e me dizendo que vamos nos atrasar para qualquer estúpido compromisso social que a mãe dela nos obrigou a ir. Eu abro os olhos.

– Sahar?

Eu congelo quando vejo o reflexo de *Baba* no espelho. Ele voltou mais cedo da oficina! Como eu não o ouvi entrar? Maldito seja por ser tão silencioso!

– É para um dos vídeos de música de Nasrin! Elas precisam de um garoto para a coreografia!

Eu me tornei uma mentirosa muito astuta. Se eu não chorar, talvez ele acredite em mim.

– Ah – *Baba* diz, olhando para mim.

Mesmo que ele não acredite em minha mentira, também não acreditaria no verdadeiro motivo de eu estar vestindo suas roupas. Eu nunca tive medo de *Baba*. Sei que algumas garotas da minha turma têm pais profundamente religiosos e com regras rígidas. Outras garotas têm pais que as disciplinam fisicamente. *Baba* é tão gentil que a situação tornou-se patética nos últimos anos. Eu penso na maneira como a família de *khanum* Goli pranteou a perda de seu filho. Eu não sei se poderia fazer *Baba* passar por isso. Mas ele está tão imerso em seu sofrimento que eu duvido que perceberia a minha partida.

– Não fica bem em você – ele diz.

Eu tiro o chapéu e olho para o meu reflexo de novo.

– Não, acho que não. Mas é importante... para o projeto do vídeo.

Eu quero tirar essas roupas. Não sei o que ele pretende conseguir ficando parado ali.

– Nasrin sempre acaba convencendo você a fazer essas coisas malucas – ele ri, mas o som faz meus olhos marejarem. Eu não posso deixar que me veja chorando.

– Vou me trocar... – eu sussurro e ele acena com a cabeça, me dando as costas e se dirigindo para a cozinha.

Lágrimas caem dos meus olhos e eu tento não fazer muito barulho. Meu nariz começa a escorrer quando vejo o quanto a camisa fica grande em mim.

– Eu posso preparar o jantar hoje, Sahar. O que você gostaria de comer?

Baba não cozinha uma refeição há cinco anos. O choque é suficiente para fazer minhas lágrimas secarem.

– Hum, se tiver cordeiro, *aab gosht*[20] seria bom. –Sei que temos cordeiro. Eu faço todas as compras de mantimentos.

---

[20] Ensopado de cordeiro preparado com leite, ou leite de coco, e especiarias. (N. da T.)

– Parece bom. Você gosta de *aab gosht*! – ele se lembra.

Na verdade, eu não gosto. Mas é fácil de fazer. Toda vez que *Baba* se oferecia para cozinhar, mamãe e eu pedíamos para ele preparar esse prato. Todos na minha família sempre poupam os sentimentos uns dos outros. Isso deixa pouco espaço para a sinceridade. Eu coloco meus jeans de novo e guardo as calças compridas demais no *closet* de *Baba*, junto com sua camisa. Elas ficam melhor nos cabides do que em mim. Como Jamshid e Parveen parecem tão naturais, tão confiantes? Talvez se – *quando* – eu me submeter à cirurgia, eu desempenhe melhor o papel. Talvez.

– A senhora Mehdi me ligou. Ela disse que haverá uma festa para os noivos nesta sexta-feira. – *Baba* continua abrindo e fechando as portas dos armários da cozinha, enquanto chama por mim, e eu percebo que ele está com dificuldade para encontrar os ingredientes.

– Aqueles dois já não tiveram festas o suficiente? – eu respondo.

Nasrin me contou sobre essa festa numa de nossas últimas "sessões de estudo". Nossos véus foram muito úteis para esconder as marcas de mordida no pescoço. Nasrin tem usado bastante maquiagem no pescoço para cobrir seus machucados. Eu me deleito com eles. Nasrin é minha e eu não quero que ela se esqueça disso. Mas nós precisamos parar. Se Reza nos flagrasse, se qualquer pessoa nos flagrasse, estaríamos perdidas. A mordida de amor em meu pescoço poderia um dia ser substituída por uma queimadura de corda.

Tiro a camiseta e percebo a maneira como meus quadris e meus seios à mostra são atraentes. Eu sou tão feminina...

Vou para a cozinha, onde *Baba* está misturando grãos--de-bico e batatas. Ele está de frente para o fogão e de costas para mim.

– Pode comprar um vestido, se quiser. Recebi uma encomenda para uma peça, e você nunca compra nada para você.

Comprar um vestido. Ele não me conhece mesmo. Eu enxugo os olhos e o nariz, e abano o rosto para respirar melhor. Não quero que ele faça mais perguntas. Eu desabo numa cadeira e não comento quando vejo que ele se esqueceu de acrescentar sal.

Baba se vira para mim, ainda mexendo os ingredientes.

– Aí está você – ele diz. – Minhas roupas não caem bem nem em mim, que dirá numa garota tão bonita como você.

Por que ele escolheu esse momento para virar pai?

– Eu não sou bonita.

– Não é?

– *Baba*, por favor, não me anime. Eu tive um longo... mês. Está mais para longos anos.

Baba para de mexer a panela e se vira para olhar para mim novamente. Meu rosto está vermelho. *Baba* nunca me deixou zangada antes. Mamãe e eu sempre discutíamos. Às vezes *Baba tentava* nos apaziguar. Às vezes ele se retirava educadamente e deixava que nós duas resolvêssemos nossos problemas. Mamãe e eu brigávamos por causa de coisas bobas, como com que frequência eu poderia brincar com Nasrin. Pensando bem, a maioria de nossas discussões era sobre Nasrin.

– Você é uma garota bonita – ele diz.

Eu nunca me senti bonita. Eu não me sinto confortável em minha própria pele, e isso não tem nada a ver com o meu sexo.

Crescer ao lado de Nasrin fez com que eu me sentisse sem graça, em comparação. Mas eu nunca me importei, pois me sentia bonita por ser amiga dela. Ela me escolheu.

A panela ferve e transborda. *Baba* se afasta rapidamente antes que a água espirre nele. Corro para o fogão e abaixo o fogo. Eu olho para ele. Ele não consegue nem ferver água. Não dá valor para a própria masculinidade. O que eu poderia fazer se fosse homem. Quem eu poderia *ser* nesse país... Eu o deixaria comendo poeira. Cerro meu maxilar. Eu posso mudar. Não preciso ficar presa dessa forma.

— Já faz um tempo que não cozinho — ele diz.

— Cinco anos. Faz cinco anos desde a última vez que você cozinhou.

Eu desligo o fogo e observo as bolhas da água fervente estourarem na panela. Faz cinco anos que mamãe morreu de um ataque do coração. O fato de ela fumar provavelmente não ajudou. Eu disse para ela parar. Ela apenas sorriu docemente e disse para eu não me preocupar tanto. É isso que fazemos. Sorrimos e não nos preocupamos muito. Está vendo os corpos enforcados na praça? Sorria e não se preocupe tanto. Não pode ficar com a pessoa que você ama porque é contra a lei? Sorria, droga.

— Não sou muito bom na cozinha — *Baba* diz.

— Você não se esforça! Pra nada!

Ele não reage aos meus gritos. Sua hesitação só me irrita mais.

— Eu faço tudo! Faço tudo para fazer com que se lembre de que ainda estamos vivos, e você nem se importa em participar.

Baba não protesta. A maioria dos pais me diria para calar a boca ou me mandaria para o meu quarto. Ele se senta e segura a cabeça com as mãos, passando os dedos pelos cabelos. Eu deveria recuar, mas já aguentei o bastante. Alguém precisa sentir a minha raiva.

– Mamãe deixou um filho, não dois! Você deveria tomar conta de mim. Por que você não toma conta de mim?

– Eu não sei.

É a resposta melhor e mais sincera que ele já me deu. Ele parece perdido. Parece ter levado um chute na cara. *Baba* faz com que seja difícil sentir raiva dele. Eu olho para a panela borbulhante no fogão.

– Você se esqueceu de colocar sal – eu digo, e assim que termino, ele está de pé, procurando o sal num dos armários. Ele acrescenta um pouco na panela e mistura, olhando para mim como se me pedisse permissão.

– Eu sempre me esqueço do sal, não é?

Ele finalmente está percebendo suas falhas. Normalmente eu diria para ele que não tem importância ou que o prato não precisa de sal.

– Sim. Você sempre costumava esquecer. Mesmo quando se esforçava.

Baba acena com a cabeça e diz para eu me sentar enquanto ele continua preparando a refeição.

– Sua mãe não gostava de jeito nenhum que eu cozinhasse, não é? – *Baba* pergunta.

A pergunta faz com que eu sorria um pouco. Eu balanço a cabeça. Ele dá risada, e já não era sem tempo.

11

—Bem, pelo menos estão servindo uma comida decente — Ali diz enquanto joga outra uva na boca.

Baba decidiu não vir à festa agora que está sofrendo de verdade. Ali estava mais do que disposto a ser meu acompanhante.

— Você está muito bonita — ele diz. — Nasrin deveria ficar noiva com mais frequência. Você andaria mais na moda.

Eu me sinto grata por Ali estar ali comigo, mas às vezes gostaria que ele apenas se calasse. Eu aceitei a oferta de *Baba* e pedi para Parveen ir comprar um vestido comigo. Ela ficou surpresa com a minha disposição para comprar um vestido, mas eu expliquei que era para uma festa. Acho que todas as minhas reclamações na loja a convenceram de que eu realmente quero ser um homem.

Há tantos convidados ali, ainda mais do que da última vez. Os Mehdi contrataram um bufê, e Soraya está de folga esta noite para aproveitar as festividades. Ela está com um vestido marrom simples que é comprido o suficiente para cobrir suas pernas grossas e cansadas. Seu véu é branco e ela fez o melhor para ficar elegante. A filha de Soraya, Sima, também está presente. Ela me deu conselhos para os exames de admissão na universidade. Embora eu tenha me esforçado para prestar atenção, não consegui tirar os olhos de Nasrin, que tinha seu *namzad*, seu noivo, perto dela a noite toda.

— Foi um erro ter vindo esta noite. Ninguém perceberia minha ausência — sussurro para Ali, que olha não muito sutilmente para a bunda de Cyrus Mehdi.

Ali sempre gostou de garotos que são burros e bonitinhos. Cyrus está conversando com os sócios do senhor Mehdi e não consegue parar de puxar o colarinho da camisa. O senhor Mehdi dá um tapa nas costas do filho, rindo e se comportando como o centro das atenções. O senhor Mehdi sempre gostou de ser o centro das atenções. Nasrin herdou isso do pai. Enquanto Cyrus se esforça para agradar alguns velhos empresários, Dariush está do outro lado da sala, conversando com Sima. Ela ri um pouco e Dariush parece satisfeito. Eu começo a me preocupar com Sima, mas então Soraya se aproxima da filha e os três continuam conversando.

— Estou surpreso que você não tenha se colocado à disposição de Nasrin esta noite toda — Ali diz.

— Isso é porque o noivo está sempre com ela! Ele não precisa ir ao banheiro?

– Ele provavelmente levaria ela junto. Banheiros são lugares *sexy*, às vezes.

Eu não quero saber como ele chegou a essa conclusão.

– Além disso, pensei que estávamos aqui para conhecer o inimigo.

– O que quer dizer? – pergunto.

A mão de Reza está na parte inferior das costas de Nasrin enquanto eles conversam com algumas autoridades. Vocês ainda não estão casados! Não se empolgue com as mãos!

– Ele tem que ter um ponto fraco. Algo desagradável que talvez faça a família repensar em dar a mão de sua preciosa filha. Um vício secreto em drogas, talvez? Será que ele já tem duas mulheres? Talvez seja parente do Saddam Hussein.

– Ali, fala sério.

– Estou apenas dizendo que você não pode competir se não conhecer melhor seu adversário.

Ele tem razão, e eu tenho uma curiosidade mórbida. Sobre o que será que Reza e Nasrin conversam? Ela mal é uma adulta e não sabe nada sobre medicina, e ele com certeza não sabe nada sobre Nasrin. Outra parte de mim não quer conhecê-lo. Eu já me sinto culpada o bastante ficando sozinha com Nasrin.

– Ele está ocupado falando com todos os adultos. Ele não se envergonha de ter uma esposa com metade da idade dele? – eu pergunto.

– Ele é homem. Pode fazer o que quiser – Ali diz petulante, e joga outra uva na boca. Ele as arranca direto dos cachos que estão na mesa, em vez de pegar uma pequena porção do cacho e colocar num prato. Eu odeio quando as pessoas fazem isso.

– Ele é um homem bonito. E nem teve que fazer plástica no nariz nem nada.

Muitos jovens em Teerã fazem plástica no nariz. Não é incomum ver tanto homens como mulheres perambulando com curativos no nariz sem se importar. Três garotas da minha classe fizeram plástica no nariz na mesma época. Quando tiraram os curativos, eu não consegui diferenciá-las por uma semana.

– Nasrin nem olhou para mim esta noite – eu murmuro.

Ali dá risada.

– Isso não significa que ela não viu você. Você não percebeu como ela fica corada quando percebe que você está por perto? Estou falando, Parveen sabe bem como é isso.

Eu fico vermelha quando percebo que meus peitos estão mais expostos que de costume esta noite.

– Você e Parveen têm passado bastante tempo juntas – Ali acrescenta.

– Ela é legal – eu digo.

– Você sabe que você não é o tipo dela – ele diz.

Eu dou risada, grata por a música estar tão alta.

– Por que com você tudo tem que ser sobre desejo e sexo?

– Porque todo o resto é chato, Sahar! Então, se você não está a fim de Parveen, por que passa tanto tempo com ela?

Não vou contar para ele o que estou planejando. Ele provavelmente riria de mim e me diria o quanto essa ideia é idiota. Eu não ligo se o plano é ingênuo; é tudo o que tenho no momento.

– Parveen me distrai e é uma boa ouvinte.

– Como quiser, prima.

Ali dá grandes passos através da sala cheia e para no meio, olhando para mim sobre um dos ombros. Ele levanta as sobrancelhas e eu não quero ir até onde ele está, mas prefiro bancar a acompanhante de Ali do que deixá-lo solto perto de Nasrin na festa dela. Eu o sigo quando ele se aproxima dos médicos e de Nasrin. Ali estava certo. Ela está vermelha.

– Nasrin! Meu Deus, vocês formam um belo casal! – Ali exclama enquanto dá um tapinha nas costas de Reza.

Eu entro na roda e olho para Nasrin. Ela encara Ali, mas seu rosto fica ainda mais vermelho.

Nasrin faz as apresentações.

– Reza, este é o primo de Sahar, Ali. Não dê ouvidos à metade das histórias que ele vai te contar.

– *Baleh, salam*. É um prazer conhecê-lo.

Os dois homens se cumprimentam com um aperto de mãos, e eu percebo que um dos médicos da roda parece nervoso. Ali também percebe. Quando ele solta a mão de Reza, se dirige ao médico.

– Olá, Nasser. Há quanto tempo!

O jovem médico fica vermelho e acena com a cabeça educadamente. Eu prefiro não pensar sobre como eles se conhecem. Nasser menciona algo sobre buscar um pouco de água e deixa o grupo. Os outros médicos continuam a conversar sobre assuntos ligados à medicina; eu espero nunca parecer tão elitista quanto eles. Nasrin finalmente olha para mim. Ela parece infeliz. Tem um sorriso falso e muita maquiagem no rosto. Sua infelicidade transparece no olhar. Há páginas e páginas de história ali, se alguém se desse ao trabalho de reparar.

– Fico feliz em vê-la de novo, Sahar – o doutor Super-Homem diz para mim, e eu tento não me afastar, cheia de repugnância. É como se um rato pulasse de um trampolim direto para dentro do meu estômago.

– Parabéns – eu digo, tirando os olhos de Nasrin e me lembrando de parar de olhá-la.

– Sahar, sei que este é um momento difícil para você – Reza diz e eu entro em pânico. Olho para Ali, que está com sua expressão "Isso vai ser interessante". Será que Reza sabe... Nasrin contou a ele? Eu olho na direção dela, mas ela ainda tem um sorriso açucarado no rosto.

– O que quer dizer com isso, senhor? – Acrescento o "senhor" não por respeito, e sim porque ele é muito mais velho do que eu.

– Eu sei que Nasrin é como uma irmã para você. Vocês duas faziam tudo juntas, e eu a estou afastando de você. Mas quero que saiba que não estamos nos mudando para longe, e você será sempre bem-vinda em nossa casa. Na verdade, espero que você e eu possamos ser amigos também. – Ele parece solidário e sincero de verdade.

– Eu, hum... Eu agradeço. Sentirei falta dela. Bastante.

Faço contato visual com Nasrin. Ela desvia o olhar. Caso contrário, não conseguiria manter a farsa. Reza e Nasrin não se tocam, mas permanecem próximos, e formam um bonito casal. Mesmo depois da transformação, nunca serei tão alta quanto Reza.

– Então você é médico? – Ali pergunta a Reza, me afastando de meus pensamentos por um momento.

– Sou apenas residente. Ainda estou começando, mas gosto do que faço, de ajudar os pacientes. É muito gratificante.

– Que coincidência! Você sabia que o sonho de Sahar é ser cirurgiã?

Eu poderia matar Ali. Reza olha para mim com grande entusiasmo e novamente ele parece sincero. Isso faz com que eu me sinta desprezível.

– Isso é maravilhoso! Você já decidiu que tipo de cirurgiã quer ser?

Eu nego com a cabeça. Quanto mais converso com ele, pior eu me sinto. Como Nasrin pode estar com ele, mas pensar em mim? Estremeço ao pensar no resto da vida dos dois juntos.

– Vocês têm muita coisa em comum – Ali diz.

Meus olhos quase saltam das órbitas, mas Nasrin tosse e eu relaxo a expressão. Quero arrancar aquele sorriso malicioso do rosto de Ali. Principalmente quando ele olha na direção de Nasrin.

– Vocês dois devem estar ansiosos pelo grande dia!

As narinas de Nasrin se dilatam apesar do sorriso exagerado que ela consegue abrir. Eu não acho que ela perceba por quanto tempo precisará interpretar o papel da esposa adorável.

– Como vocês se conheceram, por falar nisso?

Ali é inacreditável. As pessoas nunca fazem essas perguntas, porque não é da conta de ninguém. Todos sabemos que Reza foi à casa dos Mehdi e pediu a mão de Nasrin em casamento. Ele provavelmente se deu conta de que precisava de alguém para cozinhar e limpar, talvez dar à luz alguns herdeiros. É assim que as coisas geralmente funcionam. É um acordo.

– Bem, Dariush e eu somos amigos. Quando eu o visitava, às vezes Nasrin estava em casa. Ela sempre conseguia me fazer rir, mas no começo eu não dava muita importância a isso.

Eu quero bater a cabeça contra a parede. Reza realmente sente alguma coisa por ela? Isso não deveria acontecer! Ele deveria ser um velho nojento, que não tinha conseguido encontrar nenhuma parceira da mesma idade. Deveria ser um lobo em pele de cordeiro.

– Mas, então, enquanto fazia minhas rondas, tudo em que eu conseguia pensar era em alguma coisa engraçada que Nasrin havia dito ou no quanto ela sabia imitar o irmão. Fazia muito tempo que eu não ria tanto. Eu sabia que precisava tê-la como esposa. Voltei a visitar Nasrin e sua família depois de algumas semanas e, por fim, eles graciosamente aceitaram meu pedido. Acho que nunca me senti tão feliz. – Reza olha para Nasrin do mesmo modo que eu.

– É uma história adorável! – eu digo, e Nasrin olha para mim cheia de medo. Ela acha que eu vou desmascará-la. Desmascarar *nós* duas. Eu deveria. Reza apenas sorri para mim, e eu quero quebrar seus dentes com um pé de cabra.

– Vocês me dão licença? – Nasrin pergunta. – Preciso ir ao toalete.

Ela dispara para os fundos da casa. Reza parece chocado, Ali apenas sorri. Ele vê Nasser e nos pede licença. Reza e eu ficamos sozinhos numa sala cheia de gente.

– Ela está bem? – Reza me pergunta. Seu olhar está cheio de preocupação e arrependimento, como se ele tivesse dito algo errado.

– Não, ela fica envergonhada com facilidade às vezes. Nem parece, porque ela gosta muito de atenção.

Ele respira fundo e eu não consigo decidir se gostaria de vê-lo morto ou se deveria sentir compaixão por ele. Não é fácil estar apaixonado por Nasrin.

– Nós ainda estamos nos conhecendo. Na verdade, tenho ciúme de você. Você sabe praticamente tudo sobre ela.

Sim, Reza, eu realmente sei tudo sobre ela. Sei que ela chora quando vê cachorros abandonados, enquanto a maioria dos iranianos não dá a mínima. Tudo que temos no Irã são cachorros abandonados. Quase ninguém tem um cachorro como bicho de estimação. Se dependesse de Nasrin, ela adotaria todos os cachorros e deixaria que arruinassem a casa dos

Mehdi. Sei que Nasrin odeia cozinhar, e tudo que ela sabe fazer são ovos, embora odeie o cheiro. Sei que Nasrin geme quando eu mordo o lóbulo de sua orelha. Ela quase sempre sussurra meu nome depois que tudo acaba.

– Às vezes eu sinto como se ela estivesse guardando um segredo de mim – Reza continua. – Eu sei, é besteira querer conhecer alguém tão rápido, mas eu gostaria que ela confiasse em mim.

Eu não sei de onde surgiu toda essa sensibilidade masculina, mas está me deixando cada vez mais desconfortável.

– Você realmente a ama, não é? – Fico surpresa por perguntar isso. Ele sorri e eu não retribuo. Na verdade, o amor de Reza por Nasrin só me enfurece.

– Ela é a única mulher para mim.

Não. Ela é minha. Ela é minha e sempre será, seu filho da mãe. Meu rosto fica quente e eu espero não estar transpirando muito.

– Você está bem, Sahar? Está vermelha.

Ah, você quer bancar o médico agora?

– Está quente aqui.

Antes que eu perceba, ele se afasta e pega uma cadeira para mim. Enquanto estou sentada, tentando me acalmar, ele volta da cozinha com um pano úmido. Oferece-o a mim, e eu quero recusá-lo com um tapa, e depois morder Reza como uma leoa enlouquecida. Em vez disso, aceito seu gesto e passo o pano ultrajante em minha testa, dando pancadinhas.

– Obrigada.

– *Khahesh mikonam*, de nada. Quer um copo d'água?

Eu balanço a cabeça e tento mostrar a ele uma expressão facial amigável. Tudo que consigo é uma careta. Agora ele está parado diante de mim, parecendo preocupado. Como se eu fosse uma garota simplória, digna de piedade. Eu não deveria me zangar com ele. O problema não é ele. Sou eu.

– Está tudo bem? – a senhora Mehdi nos pergunta, enquanto caminha em minha direção. Ela instintivamente esfrega minhas costas, fazendo círculos, como mamãe costumava fazer.

– Estou bem. Reza foi muito gentil, cuidando de mim – eu digo de forma educada.

– Você quer um pouco de água? – a senhora Mehdi pergunta.

– Não. Estou bem, obrigada.

Mantenha a calma. Controle a respiração. Sorria.

– Ele é um doce, não é? Definitivamente bom o suficiente para a nossa Nasrin – a senhora Mehdi diz, e Reza enrubesce como se fosse uma maldita mulher. Eu respiro de maneira regular, para me acalmar. – Onde está Nasrin? – a senhora Mehdi pergunta, procurando na ampla sala por sua joia premiada.

– Ela correu para o toalete. Parece um pouco... Bem, tem havido muitas festas ultimamente. Talvez ela esteja sobrecarregada – o Príncipe Encantado diz.

– Eu estive no toalete agora há pouco. Não a vi em nenhum lugar por ali – a senhora Mehdi diz, olhando para mim.

– Vou procurá-la – eu me ofereço como voluntária, então me levanto e atravesso a sala cheia de convidados.

Ali está conversando com Cyrus Mehdi, e o pobre coitado não percebe que Ali está dando em cima dele da maneira sutil e masculina aperfeiçoada ao longo dos anos. Dariush Mehdi e Sima estão conversando, próximos um do outro, mas a uma distância que evite escândalo. Dariush baixa a cabeça envergonhado, enquanto Sima ri de uma brincadeira que eu sei que os dois estão compartilhando. Não sei se a senhora Mehdi aprovaria as companhias que os filhos escolheram para esta noite.

Eu saio pela cozinha em direção ao quintal dos fundos. Nasrin está sentada perto da piscina, seu rosto iluminado como se ela fosse alguma criatura divina do oceano. Há uma cerca gigantesca em volta do jardim, para que nenhum olhar curioso possa ver Nasrin se bronzear em seu biquíni no verão. Eu tiro os sapatos de salto e me sento ao lado dela, mergulhando os pés na piscina.

— Não sei como você consegue usar salto com tanta frequência. Meus pés estão me matando. — Meu comentário não tem nada de engraçado, mas é tudo que posso fazer para que ela se sinta um pouco melhor. — Ele é... bem, ele é legal. Ele ama você, também, o que é interessante. — Eu não sei por que estou te consolando. Alguém deveria estar me consolando.

— Ele é muito legal. Sou uma mulher de sorte.

— Você não parece se sentir assim.

— Não há nada errado com ele. É um pouco chato, mas é bonito. Tem um bom emprego, ajuda as pessoas e até se dá bem com a minha mãe. Ele ouve as histórias dela como se fossem fascinantes.

— Sua mãe deveria se divorciar do seu pai e se casar com o seu noivo.

Se isso ao menos fosse possível. Nasrin finalmente olha para mim e coloca a mão sobre a minha. Nunca me pareceu tão pesada antes.

— Ele é um homem maravilhoso. Mas eu não sinto por ele nada parecido com o que sinto por você. E isso me assusta.

Eu engulo em seco diante dessa confissão. Vou repassar vezes sem fim em minha cabeça o que ela acabou de dizer.

— Não se case com ele — sussurro, para o caso de alguém nos ver na escuridão.

– E o que você quer que eu faça? Quer que eu me case com você?

– Sim.

Ela aperta minha mão.

– Pare de viver na fantasia. Você talvez consiga me fazer começar a acreditar nela, e eu não posso correr o risco de que isso aconteça.

Eu não digo mais nada depois disso. Mas acredito que nós duas podemos dar certo. Isso faz de mim uma pessoa iludida? Continuamos sentadas juntas por um tempo. Então ela se levanta e volta para dentro. Eu não vou atrás dela.

12

— Peguei o rapaz da mercearia olhando para mim. Foi discreto, mas eu percebi que ele gostou de mim. E me senti muito bem por ele me olhar daquela forma. Como se ele realmente me quisesse. Como se ele soubesse que sou uma mulher. – Katayoun está contando sua história. Ela parece tão cheia de esperança, mas eu não consigo evitar olhar para o relógio. O tempo está se esgotando. Estou educadamente esperando que Katayoun termine sua história. Eu não preciso de apoio emocional – preciso descobrir como fazer isso. Como vai funcionar. Como será a mudança.

— É errado eu me sentir como... quero dizer, eu não sou uma pessoa oferecida – Katayoun continua, e eu me sinto egoísta por querer que ela pare de falar, mas preciso esperar que ela termine.

– Não, *azizam*, não é errado. Uma mulher gosta de se sentir bonita de vez em quando.

Goli *khanum* é gentil com seus "filhos adotivos". Eles ouvem seus conselhos porque Goli foi uma das primeiras, uma pioneira. Ela viveu por mais tempo como seu verdadeiro eu do que o restante de nós. Ela conviveu por mais tempo com seu verdadeiro eu do que eu viverei, se chegar a fazer a mudança. Depois de ouvir as histórias deles no último encontro, sei que nenhuma das dificuldades que enfrentam é fácil. Jamshid falou até de como tem sido difícil seu relacionamento com a irmã, desde que passou pela transição. A irmã de Jamshid sentiu como se tivesse perdido sua melhor amiga e ganhado um estranho como irmão. Ele diz que ela está melhorando, já consegue chamá-lo de Jamshid em vez de Niloufar.

Os olhos de Katayoun estão cheios de lágrimas, mas ela está envergonhada demais para deixar que caiam.

– Estou cansada de sentir pena de mim mesma. Eu me sento em meu quarto o dia todo e me pergunto se não seria melhor se eu tivesse morrido.

– Provavelmente.

Todos engasgam e ficam indignados diante da resposta de Maryam. É a única coisa que ela disse no encontro todo. Maryam está furiosa. Às vezes eu a invejo. A facilidade com que demonstra orgulhosamente sua fúria. Eu sempre me sinto culpada quando estou com raiva. *Baba* está trabalhando num conjunto para sala de jantar feito sob medida, mas eu percebo que seu pensamento não está no trabalho. Eu não deveria dar uma bronca nele, mas não me contenho. Bem, não vou ficar por perto por muito tempo, de qualquer forma. Duvido que ele vá me aceitar depois que eu tiver passado pela mudança. Posso ficar com Ali. Enquanto isso, sinto o casamento se aproximar. Tenho sonhos recorrentes com Reza e seu sorriso idiota. Ele segura a mão de Nasrin enquanto ela fica ao lado dele, sorrindo com um olhar cheio de medo. Nasrin fica chamando por mim, mas eu nunca apareço. Quando chego lá, eles desaparecem diante de meus olhos. Eu sempre acordo depois disso.

— Só não entendo por que Alá faria isso. Por que o Misericordioso me criaria de uma forma quando eu deveria ser de outra? Por que sempre sinto que troquei uma prisão por outra? Meu corpo pelo meu país.

Katayoun está soluçando. Parveen coloca um braço em volta do ombro dela. As emoções demandam muito tempo. Precisamos nos apressar.

— Mas não é maravilhoso que você viva no Irã? — Parveen a consola. — Onde o governo reconhece a sua luta? Você sabia que há lugares no Ocidente onde o governo nunca ajudaria a pagar pela cirurgia?

Goli *khanum* nos disse no último encontro que o Irã tem o segundo maior número de cirurgias de mudança de sexo do mundo, atrás apenas da Tailândia.

— Ah, sim — Maryam diz. — É tão maravilhoso receber o ultimato de mudar de sexo ou morrer como um pecador.

Geralmente ela mostra seu desprezo por Goli *khanum* e seus clichês soltando um rosnado de indignação ou revirando os olhos com exagero. Esta noite ela está mais falante do que de costume, e uma parte de mim quer mandá-la calar a boca, para que eu consiga minha vez de falar. Eles têm que me deixar falar.

– Só achei legal sentir que eu poderia me passar por mulher – Katayoun diz. – Você sempre arruína tudo, Maryam.

Maryam não contesta.

– Não se preocupe, Katayoun. Maryam só está com inveja porque você é muito mais bonita do que ela.

Jamshid é sempre gentil, mas notei que ele é gentil principalmente com Katayoun. Eles formariam um belo casal. Eles se encaixam. Homem e Mulher. Mulher e Homem.

Katayoun sorri enquanto limpa os olhos com os dedos.

– Desculpe. É provavelmente todos os hormônios que estou tomando – Katayoun murmura.

Hormônios. Preciso deles.

Todos têm uma história, mas, quanto mais eu escuto, mais fica difícil eu me identificar com elas. Eu menti quando disse que havia nascido no corpo errado. Eu nem sempre gosto do meu corpo, ou do fato de que tenho pneuzinhos. Eu nem sempre gosto do fato de que, como mulher, eu tenho menos opções do que os homens, até mesmo aqueles que não são tão inteligentes como eu.

Mas nunca sinto que meu corpo é uma armadilha.

Na verdade, eu sinto que o meu amor é uma armadilha.

Não me importo em ter que passar pela mudança, se é isso que preciso fazer para ficar com Nasrin, mas eu me *importo* em vê-la viver uma mentira.

– Onde eu consigo os hormônios? – pergunto, e os olhares na sala se voltam para mim. Acho que fiz a pergunta num momento inadequado. Eles não entendem. Eu preciso disso agora.

– Bem, você precisaria consultar um médico para isso – diz Behrooz. Seu terno desta semana lhe cai um pouco melhor do que o suéter que ele vestia da última vez. A roupa o faz parecer menos desajeitado.

— Não necessariamente — Shahab intervém. — Você poderia conseguir com um traficante.

Isso parece bom. Eu aposto que Ali conseguiria um pouco. Eu poderia perguntar sutilmente, embora não saiba muito bem como perguntar de maneira sutil sobre hormônios.

— Sim, mas hormônios ilegais podem ser perigosos — Goli *khanum* diz. — Não dá para saber com certeza o que há dentro deles. Vocês se lembram da pobre Shahnaz e de como ela ficou doente. — Shahnaz era uma das garotas de Goli *khanum*.

— É que eu estava me perguntando quanto tempo levaria para eu passar pela cirurgia. Estou pronta, e quanto tempo a cirurgia e a recuperação demoram?

Maryam ergue uma sobrancelha para mim, achando graça, e Jamshid olha para mim do jeito mais condescendente.

Parveen tira o braço dos ombros de Katayoun e segura a minha mão. Sua macia e enorme mão.

— *Joonam*,[21] isso não é tão simples quanto só aparecer num consultório médico — ela diz gentilmente.

— O que você quer dizer?

Eles deveriam ficar felizes com isso. Eles deveriam me deixar ser parte de seu grupo. Goli *khanum* olha para mim com alegria nos olhos, mas eu também vejo compreensão neles.

— Você precisa consultar um cirurgião — Jamshid explica. — Antes que eles possam fazer a operação, você precisa passar

---

[21] A tradução literal dessa expressão é "minha vida", mas aqui é usada com o sentido de "minha querida". (N. da T.)

por avaliações psiquiátricas. Pode levar até seis meses antes que eles a considerem transexual.

Eu sinto como se estivesse engasgada.

– Mas eu preciso disso logo. Preciso disso agora! – Eu me levanto do sofá macio, e o ambiente me sufoca. – Não posso esperar tanto. Será tarde demais.

Preciso contar a Nasrin, antes do casamento, a data da minha cirurgia. Então ela poderá cancelar tudo. Ela vai esperar por mim. Ela *precisa* esperar por mim.

– Tarde demais para quê? – Parveen pergunta. Eu preciso ser cuidadosa. Não fale demais. Não fale nada sobre *ela*.

– É só que... É difícil não saber onde eu me encaixo.

Jamshid toma um gole de sua xícara, e até mesmo a maneira como ele faz isso é muito masculina, segurando por baixo. Como ele consegue essa naturalidade?

– Bem, depois de algumas consultas com um psiquiatra, eles vão descobrir – Goli *khanum* diz. – Então você terá que se preparar. Registrar seu *status* com o governo, tomar hormônios, e a cirurgia não é fácil. É dolorosa, e o período de recuperação a manterá na cama por um tempo considerável.

Eu deveria ter pensado nisso antes. Claro que você não pode andar por Teerã como se tivesse acabado de fazer uma plástica no nariz. Talvez se eu tivesse passado menos tempo na escola, teria pensado nesse plano antes. Eu teria conhecido Parveen antes, e a semente teria sido plantada.

– Além disso, você ainda não é adulta – Parveen diz. – Você teria que conseguir a autorização do seu pai.

É o último prego no caixão. Eu fui ingênua. Não estava pensando direito. Tudo foi por água abaixo.

– Por que a pressa? – Maryam pergunta.

Agora ela está sentada na ponta da cadeira, no canto mais afastado da sala de estar. Seus olhos estão cheios de fúria e paixão, e parece mais interessada do que jamais a vi num encontro.

– Estou pronta. É só isso. É importante que eu passe pela mudança o quanto antes.

Os garotos no sofá à minha frente assentem com a cabeça, compreensivos. Eles sabem como é estar preso numa armadilha. Maryam, no entanto, está inflexível. Ela me observa, abrindo um sorriso malicioso, como alguém que reconhece algo em mim. Ela conseguiu me desvendar.

– É uma mudança. Disso você pode ter certeza. Algo que não vai querer encarar de forma leviana. Principalmente se tinha outra escolha. – Os braços de Maryam estão cruzados. Ela é bastante presunçosa.

– Eu não tenho escolha. Isso é tudo que tenho. Eu preciso disso, não importa se vocês vão me ajudar ou não. – Eu me dirijo ao grupo como se fosse partir para a guerra. O que, de certa forma, farei. Com meu corpo, meus sentimentos, minhas circunstâncias – essas são as coisas pelas quais quero lutar.

Parveen olha para mim, sua expressão triste me diz que os meus sonhos não se tornarão realidade.

– Não existe nenhuma fada madrinha, Cinderela. A vida não funciona dessa maneira. Se você tiver paciência e passar por todas as etapas do processo, poderá se submeter à mudança. Mas essa transformação requer muita energia – Parveen diz.

Eu afundo de volta no sofá. Todos estão olhando para mim. Eu posso sentir isso, e meu rosto fica vermelho.

– Eu posso conseguir hormônios para você – Katayoun diz em voz baixa.

– Sim, por favor.

Parveen esfrega minhas costas, e eu estou tão cansada. Tão cansada...

– Prepare-se, criança – Maryam diz. – Você não tem ideia do que a aguarda.

Eu vejo seus rostos, compaixão, cansaço e beleza. Eles vão me ajudar. Eles sabem o que é estar desesperado para mudar.

13

Katayoun concordou em me encontrar para almoçar no Restaurante Javan. Estou esperando por ela há meia hora, e estou ficando preocupada. O casamento é daqui a um mês, e nada mudou. Reza ainda é bonito. Nasrin ainda está em estado de negação. E a senhora Mehdi ainda está reformando a propriedade de seu pai para o casamento. O avô de Nasrin tem uma casa enorme, com um grande porão. O plano é transformar o porão num salão subterrâneo com pista de dança para a recepção. Eu imagino que será uma versão mais comedida de uma das festas de Ali. Dariush está aborrecido porque ele não vai poder bancar o DJ. A senhora Mehdi tem bom senso o suficiente para limitar as oportunidades musicais de seu filho.

Eu pedi uma mesa num lugar mais reservado ao homem de aspecto engraçado e terno laranja que gerencia o restaurante. Ele foi mais do que receptivo, como da última vez, mas, quando perguntou se Ali viria, eu menti e disse que ele talvez aparecesse. É cedo demais e Ali provavelmente ainda está dormindo. Por fim, Katayoun entra discretamente e eu aceno para ela.

– Desculpe fazê-la esperar – ela diz, sentando-se à minha frente. Ela olha em volta, um pouco de suor brota em seu lábio superior.

– Está tudo bem. Você conseguiu...?

Ela responde me entregando uma grande sacola de papel. Aí está, o começo da minha nova vida. Eu coloco a sacola dentro da minha mochila e sorrio agradecida.

– Quanto eu te devo?

Katayoun balança a cabeça.

– Já foi pago.

– Quem... hum, quero dizer, quem pagou? Assim vou poder agradecer.

– Todos nós contribuímos. Goli *khanum* e o resto do grupo. Exceto Maryam.

Eu poderia morrer de vergonha. Katayoun me diz com que frequência devo tomar os hormônios, explicando que eu devo inserir a agulha na coxa ou na parte superior das nádegas. Eu devo evitar veias, ossos e nervos. Ela enfatiza que não devo tomar mais do que o necessário, um centímetro cúbico por mês. Isso me dá tempo para apenas uma injeção antes do casamento. Talvez uma barba comece a nascer, e Nasrin verá que estou levando a sério. Isso me assusta um pouco.

– Há quanto tempo você toma? – eu pergunto enquanto Katayoun continua olhando o ambiente.

– Pouco mais de um ano. – O olhar dela se prende ao meu com nervosismo. – Por que você escolheu este lugar? – A expressão dela é como a do gato que eu vejo no jardim da escola, assustado e com medo de todo mundo à sua volta.

– Eu pensei que você ficaria mais confortável. A clientela é variada aqui, então...

– *Uma clientela variada?* É assim que você nos chama? – Seu tom de voz torna-se frio. O rosto de Katayoun está vermelho e suas mãos estão fechadas em punho sobre a mesa, como se ela estivesse prestes a bater na superfície.

– É seguro ser... Bem, ser você mesma aqui. Quero dizer, há menos chance de ser julgada ou, não sei, mais chance de encontrar pessoas que são, eu imagino, compreensivas.

– Eu não sou como eles! Você me ouviu? O que eles fazem é contrário às leis da natureza – ela sussurra enquanto seus olhos se dirigem para uma mesa na qual dois homens trocam olhares afetuosos. É a raiva fervente que eu não entendo. Nos encontros Katayoun é sempre acanhada e assustada, principalmente quando Maryam atira uma crítica verbal em sua direção.

– Me desculpe. Eu apenas pensei...

– Pensou o quê? Que eu sou como esses... esses *pervertidos*, só porque sou diferente?

Em que "dama" ela se transformou! Pelo menos é educada o suficiente para sussurrar esses comentários maldosos. São maldosos porque Katayoun está falando de mim. Eu sou uma pervertida. Mesmo que eu mude, meus sentimentos por Nasrin não deixarão de existir.

– Eu pensei que, sendo uma pessoa diferente, você talvez simpatizasse com outros que também são diferentes.

Eu não quero discutir com ela. Katayoun foi gentil o suficiente para me trazer o que eu preciso, mesmo que agora esteja se comportando como uma babaca. Ela se inclina, seu rosto perto do meu, e eu não consigo afastar a cabeça, com medo de que ela possa me atacar.

— Minha doença é tratável. A doença deles é uma barganha feita com o diabo. A República sabe disso, o Alcorão sabe disso, e é bom que você saiba disso, se quiser sobreviver nesta sociedade.

Eu dou um tapa em Katayoun.

Eu deveria ficar arrependida, mas não fico. Não sei o que deu em mim — mas aconteceu, e uma parte de mim está contente. Minha mão queima de vergonha quando Katayoun começa a chorar. Antes que eu possa me desculpar, ela se levanta e tenta pegar minha mochila. Ela quer os hormônios de volta. Uma ova que eu vou desistir deles. Ela bate com os punhos ossudos nos meus ombros, me chamando de mentirosa e degenerada. Eu seguro minha mochila com força, bloqueando Katayoun com o meu corpo, embora eu ainda esteja plantada na cadeira. Dois garçons aparecem para nos separar, mas nenhum dos dois tem permissão para nos tocar, porque somos mulheres, então eles se inclinam para a frente e para trás entre nós duas, como pinguins mancando. Um deles tenta estufar o peito o máximo que consegue, para me manter longe de Katayoun, com as mãos atrás das costas.

— Devolva! — guincha Katayoun. — Você nem quer isso de verdade! Você é um deles.

Não! Ela está tentando levar embora a minha única esperança. Eu dou outro tapa nela com as costas da mão — vou mostrar a ela o quanto posso ser masculina – e isso faz com que eu me sinta bem.

– Não se atreva a me julgar, sua vadia.

Ah, meu Deus – eu disse isso em voz alta! Ótimo! Ela mereceu. Eu aperto a mochila contra o peito, abraçando-a como se fosse um colete salva-vidas.

– O que está acontecendo?

Ah, não. Ali. Ele parece tão calmo. Fui idiota de pensar que eu não o encontraria, mesmo que ele nunca saia de seu apartamento tão cedo. Nós deveríamos ter nos encontrado no Max Burguer, mas, depois da maneira como Parveen foi tratada ali, eu não queria que Katayoun enfrentasse a mesma crueldade. Eu não esperava que ela fosse uma mula cheia de preconceitos.

– Ela pegou algo que me pertence e não quer devolver! – rosna Katayoun.

Agora ela está me acusando de roubar. *Ajab gereftari* – quais são as chances de isso ser verdade? Quando a minha vida se transformou nisso?

– Ela pegou? – Ali se volta para mim. – Bem, devolva. Tenho certeza de que posso comprar para você qualquer porcaria que essa pobre criatura está mendigando.

Ele nem me defende. Sabe que eu nunca roubaria.

– Não. Eu preciso disso.

Eu não vou obedecer só porque ele está mandando. Ali está acostumado com as pessoas seguindo suas ordens, mas eu não vou obedecer . Essa situação toda não tem nada a ver com ele! É o meu corpo, a minha vida, o meu amor, e eu farei o que eu quiser com tudo isso. Ali manda embora os dois garçons e o gerente careca e triste, que estavam vagando perto da mesa.

Eles obedecem e se retiram, enquanto outros clientes assistem ao nosso espetáculo com grande interesse. Eu sempre consigo fazer uma cena nesse lugar idiota, com sua decoração barata e comida medíocre. Ali gesticula pedindo para Katayoun se sentar. Ela se nega, balançando a cabeça, com os braços cruzados sobre o peito.

Ali não pisca um olho. Ele se senta diante de mim e estende a mão.

– O que quer que seja, eu consigo para você aos montes. Só devolva e ela... desculpe, qual é o seu nome? – Ali pergunta gentilmente, sorrindo para Katayoun como ele aprendeu a fazer assistindo a filmes. Ele encarna Fardin, um antigo ator persa, e um pouco de Cary Grant. Ele ama filmes em preto e branco. Eu também gosto de alguns, mas nunca os assisto, porque Nasrin cai no sono.

– Katayoun – ela diz, mais calma.

– Adorável. Não quer se sentar? – Ele puxa uma cadeira da mesa ao lado. – Eu prometo devolver o que é seu. – Ali está na verdade flertando com ela, e ele é bom nisso. Katayoun se senta perto de Ali. Ele sorri para ela de novo, antes de dirigir sua atenção para mim. – Agora, do que é que você precisa tanto, Sahar?

Eu não respondo. Ele está ficando irritado. Ali se volta para Katayoun. Ela está derretendo sob o olhar dele.

– Eu estava entregando hormônios para ela, antes da cirurgia – Katayoun confessa.

Eu fecho os olhos. Quando os abro, Ali olha para mim como se eu tivesse acabado de contar que matei Britney Spears, Madonna e Lady Gaga.

Ali estende a mão novamente, mas eu me recuso a entregar a mochila. Ele cerra os dentes.

– Dê a mochila para mim, Sahar. Ou farei com que seja presa.

– Você não faria isso! Você não entende...

– Eu entendo perfeitamente.

Seu tom de voz é frio e desperta tanto medo em mim que eu sei que ele está falando sério. Ele tem poder para fazer isso. Uma ligação para Farshad e eu ficaria detida por um dia, possivelmente apanharia. Eu poderia me arriscar a ser presa. Qual é a pior coisa que poderiam fazer? Não tenho muito mais por que viver. Eu nem mesmo estou estudando ultimamente. Faço minha lição de casa e as provas, mas isso não significa nada. Eu me sinto completamente sozinha.

– Dê a mochila para mim, Sahar. Nós daremos um jeito.

Eu não sei se ele está mentindo, mas a maneira como fala me lembra mamãe. Maldito Ali e seus genes fortes.

Eu jogo a mochila na mesa e Katayoun a vasculha, procurando o tesouro cobiçado. Ali apenas me observa.

– Você pode ir agora. – Ele ergue a mão para dispensar Katayoun.

Ela parece arrasada e eu fico contente, mas sinto inveja dela quando a vejo disparar para fora do restaurante.

– Você realmente mandaria me prenderem? – eu pergunto.

Ali se recosta na cadeira e franze os lábios.

– Você realmente se tornaria um homem? O que está pensando?

Pensei que ele me apoiaria. Ele é tão indiferente com relação ao que eu faço, por que se importaria agora? Ele consegue tudo o que quer. Por que não posso ter a única coisa de que preciso?

– Isso não vai resolver nada. Você terá que viver num corpo que não é seu. Um corpo ao qual não pertence.

147

– Desse jeito, vai estar dentro da lei – sussurro.

Por que ele não enxerga isso? Eu serei livre como um homem. Vou viver uma vida plena.

Ele balança a cabeça.

– Ela não vai deixá-lo. Não importa a loucura que você faça.

Isso não é... Ele não sabe. Quero dizer, ela talvez apenas adie o casamento, ou talvez Reza caia num precipício. A realidade me atinge como nunca antes. Eu reprimo um grito. Tudo fica embaçado. Ali gesticula para um garçom pedindo água. Eu bebo, mas ela não sacia nada.

– Foi Parveen quem meteu você nisso? Fez parecer maravilhoso?

Eu balanço a cabeça. Ele belisca o meu nariz e respira fundo.

– Nasrin... Ela gosta de você como você é. Uma versão masculina de você seria perverso. Iria assustá-la.

Não. Eu não vou desistir. Mesmo se for errado, ainda há uma chance, e isso é mais do que eu tenho como mulher. Uma chance. Minha única chance. Eu farei a operação, e nada poderá me impedir. Eu só tenho que descobrir quem vai me ajudar.

14

*B*aba está fazendo uma cômoda para Nasrin e Reza. A senhora Mehdi a encomendou, mas eu tenho a sensação de que é mais um presente para o meu pai do que para a filha dela. Estou feliz que isso o mantenha ocupado, e ele parece apreciar seu trabalho novamente. É um começo. Nas últimas noites ele tem ficado até mais tarde na oficina, e eu fico com o apartamento só para mim e meus pensamentos. Quando deveria estar pensando em equações matemáticas e literatura, estou pensando se Parveen vai me ajudar. Mesmo que a minha mudança não aconteça a tempo, talvez Nasrin não leve adiante o casamento.

Nasrin me verá com uma barbicha crescendo no queixo, e vai se opor à cerimônia. Ela vai tropeçar no *sofra*,[22] em tudo à sua frente: os doces, candelabros, o cálice com mel, a tigela com moedas de ouro se quebrando. O espelho no qual o jovem casal deveria se ver estilhaçará, e nós vamos fugir. Um helicóptero estará esperando para nos levar à Suíça, onde eu finalmente aprenderei a esquiar, enquanto Nasrin ficará bem acomodada num chalé, comendo chocolates. Ok, nada disso vai acontecer, mas se ela souber o que eu vou fazer, vai cancelar o casamento. Ela precisa esperar por mim.

O interfone toca. Não estou esperando ninguém. Eu me levanto da mesa da cozinha, abandonando meus livros novamente, e aperto o botão do interfone.

– Sim?

– É Parveen. Posso subir?

Eu hesito. Depois do desastre com Katayoun, tenho certeza de que a fofoca de que não sou quem aparentava ser se espalhou. Parveen tem sido gentil comigo, apesar disso. Não vejo por que ela agiria de maneira diferente agora. Eu libero a entrada e abro a porta, esperando por ela no topo das escadas. Posso ouvir seus saltos batendo no chão. Assisto enquanto ela flutua escada acima. Ela é mais mulher do que jamais serei. Ser uma mulher é algo que lhe vem naturalmente, sem esforço, e às vezes eu gostaria de não saber que ela é transexual. Talvez isso fizesse eu me sentir melhor diante da minha negligência em parecer mais feminina. Pelo menos eu não ficaria pensando nisso enquanto converso com ela.

---

[22] Tapete cerimonial usado como toalha no chão. (N. da T.)

– *Salam*, Sahar *joon* – diz Parveen quando entra, beijando minhas duas bochechas.

Eu a guio até a sala de estar e peço que ela se sente. Ofereço chá, mas ela recusa. Ela não pode ficar por muito tempo. Eu me sento, esperando alguma bronca ou algum tipo de repreensão pela maneira como as coisas se desenrolaram no Restaurante Javan. Nenhuma das duas coisas acontece. Em vez disso, ela me pergunta sobre as provas e a escola. Fico aliviada. É possível que Katayoun não tenha contado nada? Nossa conversa continua por um tempo. Falamos sobre o tempo e sobre como os dias têm sido úmidos ultimamente. Parveen até me conta uma piada comportada sobre um gorila e um tigre. Eu não a acho tão engraçada, mas dou risada mesmo assim.

– Então, você quer me contar por que deseja realmente fazer a cirurgia? – ela finalmente pergunta.

Eu não deveria ficar surpresa, mas fui pega desprevenida. Meu coração dispara.

– Como eu disse antes, sinto que estou no corpo...

– Tudo bem, Sahar. Eu não vou julgar você. Só não minta mais para mim ou para si mesma.

Eu engulo o medo que estava alojado em minha garganta havia semanas.

– Suponho que Katayoun tenha lhe contado.

– Não. Seu primo me ligou. Ele pareceu bastante preocupado.

Ela está esperando a minha explicação, mas eu simplesmente não consigo falar. Ela limpa a garganta e se prepara para o ataque.

– Ele mencionou que uma amiga sua vai se casar.

Meus olhos se arregalam. Eu poderia matar Ali. Parveen se aproxima para segurar a minha mão.

– Você não me julgou, Sahar *joon*. Eu não tenho motivo para julgá-la agora.

Respiro fundo e me desculpo por enganá-la tantas vezes. Eu me surpreendo por não estar chorando. Não explico a natureza do meu relacionamento com Nasrin, mas tenho certeza de que Ali falou mais do que deveria. Tudo que eu posso contar a Parveen é que eu pensei que minha vida seria mais fácil se eu fosse homem.

Parveen acaricia minha mão e me diz que eu não poderia estar mais enganada. Ela me fala sobre Maryam e que ela, quando era homem, se apaixonou por outro homem, e o irmão de Maryam descobriu. Ele ficou tão furioso que ameaçou denunciar Maryam à polícia, se ela não se submetesse à cirurgia e se tornasse mulher. Desde a cirurgia, Maryam virou uma viciada em heroína. Ela está sempre furiosa e já tentou se suicidar. Goli *khanum* então acolheu Maryam para ficar de olho nela, mas Parveen se pergunta se algumas almas simplesmente não têm salvação.

Eu observei Maryam nos encontros. A maneira como ela zomba dos outros do grupo e se isola me fez pensar que ela apenas odeia todo mundo. Eu acho que ela odeia a si mesma... e talvez todo mundo também.

– Você quer acabar como Maryam? – Parveen pergunta. – Amarga, deprimida e paralisada?

Eu sei que as intenções de Parveen são boas, mas eu já decidi.

– Sei que eu não sou como você, e sinto muito por fingir, mas não posso voltar atrás agora. Eu sempre vou me perguntar se... se ela poderia me amar se as circunstâncias fossem outras.

Parveen balança a cabeça e morde o lábio. Ela me acha incrivelmente burra. Eu fico vermelha. Ela não está errada, mas eu costumava me achar inteligente. Todo mundo me dizia que eu era. Meus pais, meus professores, meus colegas de turma, os Mehdi... Talvez, esse tempo todo, Nasrin é quem fosse a mais esperta. Ela terá uma vida de riqueza, conforto e privilégio, e eu ficarei sem nada. Nasrin é a única pessoa com quem me importo – eu não tenho mais ninguém. Tenho medo do que minha vida será sem ela.

Parveen respira fundo e tenta novamente.

– Eu acho que isso é um erro, Sahar. Você não vai se beneficiar da maneira que um transexual se beneficiaria. Mas você já está convencida.

Eu assinto enfaticamente. É isso que eu quero.

Não é?

– Essa garota vale tudo isso? Eu não consigo pensar nada de bom de uma garota que coloca você nessa situação, mas ela realmente vale a pena? Você discutiu isso com ela? Eu vou ser sincera, algumas pessoas não me aceitam mais por causa da minha mudança. Parentes, amigos, namorados, não é uma vida fácil. Ela vai aceitar você? Você pensou nisso tudo? – Parveen está chorando agora, e eu nunca a vi chorar antes.

Ela está sempre tão feliz e confiante. Eu a abraço e ela se acomoda em meus braços, suas lágrimas molhando meu ombro. Eu não a solto até que esteja pronta e se afaste. Ela enxuga os olhos e ri envergonhada.

– Essa vida não é fácil, mas é a que eu quis para mim. Eu só gostaria que as pessoas fossem mais compreensivas. Mas você... Você estará vivendo uma mentira.

– Eu já estou vivendo uma mentira. Que diferença fará mais uma?

Parveen compreende minha declaração e balança a cabeça.

– Sahar, o que você está pensando em fazer não é certo. Eu não quero que você se arrependa depois.

Estou cansada de todo mundo olhando para mim como se eu fosse uma idiota iludida. Eu sei o que estou fazendo! Mais ou menos.

– Vou fazer isso, quer você me ajude ou não. Quem sabe o que pode acontecer comigo se você não me ajudar?

E com isso Parveen concorda em ajudar. Ela diz que vai marcar uma consulta com seu cirurgião, doutor Hosseini, para dali a alguns dias. Eu terei que faltar às aulas, o que nunca fiz antes, mas estou mais do que disposta. Eu nem mesmo me importo se *Baba* descobrir. Ele não percebeu nada sobre mim nos últimos anos, então duvido que vá descobrir que eu faltei às aulas. Duvido até mesmo que ele irá perceber se eu voltar para casa como um garoto. A consulta com o médico é apenas um encontro preliminar, no qual ele explicará que não há como eu fazer a cirurgia antes do casamento. Eu não ligo. O divórcio é legalizado no Irã e talvez, quando eu tiver lidado com o fato de ser um homem, Nasrin perceba que seu casamento é uma farsa – e nós poderemos ficar juntas. Não seria incrível?

O interfone toca de novo e eu me levanto para atender. Só pode ser uma pessoa. Eu aperto o botão para falar.

– *Baleh?* – pergunto.

– Sahar! Me deixa subir! Estou morrendo de vontade de te ver.

Eu olho para Parveen, que desvia o olhar para o chão. Eu não deveria deixá-la subir, mas nunca neguei nada a ela antes.

Aperto o botão, liberando a entrada, e cumprimento Nasrin quando ela entra.

– Está tão quente lá fora! Pensei que fosse desmaiar – Nasrin ri, mas seu sorriso desaparece quando ela vê Parveen. – Desculpe, eu não sabia que tinha visita.

Eu pego a mão de Nasrin e a arrasto para a sala de estar. Apresento as duas, e Parveen se levanta, graciosa e educada como sempre, e beija Nasrin em ambas as bochechas. Nasrin se submete a todo o processo, mas eu posso ver que ela está avaliando a aparência de Parveen.

– Nasrin vai se casar logo – eu conto a Parveen, e ela nem sequer pisca. Ela sabia exatamente quem Nasrin era. Parveen dá os parabéns a Nasrin, que agradece, mas há uma evidente tensão na sala. Eu não deveria ter deixado que Nasrin subisse. Parveen rapidamente diz que tem um compromisso, mas deseja tudo de bom para Nasrin. Eu a abraço e lhe agradeço, e posso sentir o olhar de Nasrin em minha nuca. Depois que Parveen vai embora, fecho a porta e me volto para Nasrin.

– Como você a conheceu? – ela pergunta.

– Ela é uma amiga minha. Está me ajudando com algo importante.

Eu penso no que Parveen disse, que eu deveria falar com Nasrin a respeito do que planejo fazer.

– Ela é bonita – Nasrin diz. Ela parece incomodada, mas seu ciúme é adorável. – Ela está te ajudando com o quê?

– Uma maneira de impedir o casamento – eu digo. Ela não faz nenhum comentário. – Eu gosto quando você fica com ciúme, Nasrin. Faz com que você saiba como eu me sinto.

Eu vou para a cozinha para preparar o chá, enquanto Nasrin afunda no sofá da sala. Ela me conta sobre o novo drama na casa dos Mehdi: Sima, a filha de Soraya, a empregada, veio pedir a mão de Dariush em casamento! É incomum que uma mulher peça a mão de um homem em casamento, mas Sima sempre foi diferente. A senhora Mehdi deu risada, mas o senhor Mehdi realmente ouviu o que ela tinha a dizer e não achou que seria má ideia. Sima um dia será farmacêutica e vai ganhar um bom salário. Nasrin ri e conta que Dariush só ficou ali sentado, como um peixe fora d'água, sua boca abrindo e fechando, e depois abrindo de novo.

— Será que a sua família vai ter outro casamento para preparar? — eu pergunto enquanto sirvo o chá para Nasrin, colocando três cubos de açúcar em seu pires, para adoçar a bebida do jeito que ela gosta. Nasrin adora doces, estou surpresa por seus dentes ainda não terem caído.

Nasrin ri de mim, como se eu fosse uma boba.

— É claro que não! Minha mãe ficou tão ultrajada com a ousadia da filha da empregada, que a expulsou. Agora Sima está tirando Soraya de nossa casa e as duas vão morar juntas. — Nasrin toma um gole de chá. — É uma pena. Soraya é uma cozinheira maravilhosa — ela acrescenta como uma reflexão tardia.

Meu coração dói quando penso em Sima deixando a casa dos Mehdi, abatida e humilhada pela senhora Mehdi, depois de ter sido tão corajosa e cheia de esperança.

— Sima é bonita e inteligente. Por que Dariush não se casaria com ela?

Eu sei por que a senhora Mehdi não permitiria isso, mas Sima tem melhores perspectivas de vida do que Dariush poderia esperar sem o dinheiro dos pais. É provável que ela trabalhasse o dia todo, voltasse para casa e encontrasse Dariush deitado no sofá, tocando os mesmos três acordes em seu violão desafinado.

Nasrin abaixa sua xícara e me lança um olhar incrédulo.

– Você pode imaginar os parentes da noiva? Chegando ao casamento com seus sorrisos banguelas e arrastando os pés, tentando dançar? Que constrangedor!

Agora ela está rindo de novo. Ela se divertiu com essa situação um pouco demais. Eu continuo em silêncio, e ela percebe que estou zangada, porque seu sorriso malicioso desaparece e ela limpa a garganta. Essa não é a Nasrin que eu conheço.

– Isso foi algo horrível de se dizer.

– Sahar, *shookhi mikonam* – estou brincando! Eu tenho que reconhecer a coragem de Sima. Não foi algo fácil, enfrentar a minha mãe e o meu pai. Mas nunca teria dado certo entre os dois. Eles vêm de classes diferentes. Se Dariush quisesse se casar com ela, teria feito algo a respeito.

Minha mãe se casou com meu *Baba* apesar de os dois serem de classes diferentes. Mamãe era corajosa assim.

– Dariush tem medo de desapontar seus pais e perder a herança – eu digo a Nasrin, e ela revira os olhos para mim. Ela fica um pouco feia.

– Ele já desapontou meus pais. Ele não quer ter que trabalhar para ter Sima. Ela não vai deixar que ele fique sentado o dia todo. Ele teria que cozinhar e limpar, ou começar a trabalhar mais na oficina. Você acha que ele quer esse tipo de vida? Eu não ligo para o que Dariush sente por Sima; ele nunca vai tornar a própria vida mais difícil do que precisa ser.

E nem você fará isso. Está bem claro agora.

Eu peço licença e vou ao banheiro. Lavo o rosto com água fria, tentando me acalmar depois das tolices de Nasrin. Olho meu reflexo no espelho por um longo tempo. Noto a espinha que quer nascer no meu queixo. Percebo a cicatriz em meu supercílio por ter descido um escorregador com patins anos atrás. Nasrin tinha me desafiado a fazer isso. É uma pequena cicatriz, mas com 7 anos Nasrin correu para o meu lado e chorou sobre o meu corte. Eu estava em choque e nem chorei. Ela se sentiu culpada depois disso, e passamos a brincar menos fora de casa. Na época, ela agia de forma protetora comigo. Esse não parece mais ser o caso.

– Sahar, o que você está fazendo aí dentro? Está com dor de barriga?

Nasrin gosta de relembrar minhas doenças passadas. Eu abro a porta e ela olha para mim de maneira afetuosa.

– Me desculpe pelo que eu disse. Você sabe que eu amo Soraya, e eu acho Sima... Bem, eu nunca gostei da maneira como vocês duas se entendiam tão bem. Então talvez eu tenha ficado feliz por ela não ter conseguido o que queria.

– Se eu fosse homem, você se casaria comigo? Mesmo se eu não fosse rica e não pudesse te dar tudo o que Reza pode te oferecer agora? Com o tempo, eu poderia; mas você se casaria comigo?

Em minha voz, não há o tom de súplica com o qual ela está acostumada. É uma pergunta clara e determinada, e que eu espero que ela responda honestamente.

– Por que você está tão obcecada com o casamento? Eu quase nem quero me casar com Reza, que é realmente tão carinhoso que eu talvez enlouqueça. Você sabe o que é estar perto de uma pessoa perfeita? É cansativo. Só estou esperando até um grande e sombrio segredo aparecer... como ele ser de outro planeta ou um robô.

Ela não está me levando a sério. Está fugindo da minha pergunta, e eu já não tenho mais tempo para isso. Eu a agarro bruscamente pelos ombros. Ela não parece assustada. Sabe que eu nunca a machucaria. Talvez eu queira que ela se sinta um pouco assustada.

— Eu preciso de uma resposta sua. Por favor, não me trate como se eu fosse uma garota boba, porque estamos velhas demais para isso agora. Se eu fosse homem, você ficaria comigo? Você o deixaria por mim?

Nasrin hesitou, mas estou dando tempo para ela realmente pensar na pergunta. Não quero que ela dê uma resposta apressada e me diga o que eu quero ouvir. Ela encolhe os ombros sob minhas mãos, e eu a liberto. Ela roça minha bochecha com o dedo e contorna meus lábios, meu queixo e minhas sobrancelhas. Depois enrola um cacho de meus cabelos em seu dedo. Eu não derreto sob o seu toque como sempre acontece. Vou me manter alerta.

— Você não ficaria tão mal com uma barba — ela sorri maliciosamente. É a resposta que eu precisava.

15

Parveen está esperando por mim em frente ao Centro Cirúrgico Mirdamad. A princípio, ela não me vê. Está puxando as mangas: pensei que era eu quem deveria estar nervosa. Uma mulher máscula, com óculos de lentes espessas e barba por fazer entra na clínica. Estou realmente aqui. Vou realmente fazer isso.

– Me desculpe, meu táxi ficou preso no trânsito – eu digo, e Parveen se joga em meus braços, me dando um abraço apertado.

– Você não é essa pessoa. Por favor, não faça isso – ela sussurra, e eu começo a me remexer em seus braços. Posso sentir suas lágrimas em meu pescoço. A ternura me faz me lembrar de mamãe. Eu me afasto dela.

– Você prometeu que me ajudaria. Eu preciso fazer isso ou vou perdê-la – eu sussurro minha súplica a ela, para que os outros não possam ouvir.

Parveen enxuga os olhos, que parecem mais verdes do que jamais foram. Ela assente e se vira para entrar na clínica. Eu a sigo enquanto ela vai até a recepção. A atendente reconhece Parveen e pergunta sobre a família dela. Nós conseguimos uma senha, como se estivéssemos esperando por uma porção de *kabob*.

Há outros pacientes ali. Uma garotinha, de cerca de 3 anos, com lábio leporino e um laço da Hello Kitty no cabelo. Há um homem na casa dos 40 anos, com um olhar duro e sem as pernas. Ele provavelmente serviu o exército durante a guerra, quando tinha a minha idade. Mamãe costumava contar histórias sobre quando ela e a família se escondiam no porão, esperando pelas bombas. Às vezes, as bombas caíam, às vezes, não. Era um jogo de espera.

Eu não estive num hospital desde que mamãe morreu. Ela estava presa a tubos, para ajudá-la a respirar. Eu achava que ela iria melhorar. Se conseguiu sobreviver a uma guerra ilesa, certamente poderia sobreviver a um mero problema no coração. Eu acho que o coração sempre nos trai, de uma forma ou de outra.

– O médico é bem legal – Parveen diz. – Se você tiver alguma pergunta, faça logo.

Nasrin estava comigo no hospital, quando mamãe morreu. Ela não sabia o que fazer, se me deixava sozinha ou tentava me confortar. Ela segurou a minha mão o tempo todo. O suor em sua palma se misturou ao meu. *Baba* chorava enquanto os Mehdi tentavam consolá-lo. Nem Nasrin nem eu choramos. Estávamos sendo corajosas uma para a outra. Estou sendo corajosa por ela agora.

– Quanto tempo faz desde que você, hum... passou pela cirurgia? – eu pergunto.

– Faz cinco anos – Parveen responde de imediato.

– Doeu? – Eu sei que doeu. Não sei por que estou perguntando.

– Sim, mais do que você pode imaginar – Parveen diz.

A garotinha com a fenda palatina olha para mim. Eu sorrio para ela porque alguém deveria fazer isso. Ela retribui, sua gengiva fica aparente, seu nariz se dilata mais do que o das outras meninas. A mãe da garota está vestindo um *chador* completo, seus olhos negros espiando para fora de sua tenda. Talvez eu possa fingir que mamãe está sob todo aquele tecido, se assegurando de que tudo ficará bem. Mas mamãe nunca vestiria um *chador* completo.

Parveen batuca os dedos no braço da cadeira. Eu quero pedir para ela parar, mas isso seria rude. Este lugar é mais dela do que meu. Muitos transexuais vêm falar com ela enquanto esperamos. Ela sorri como uma *miss* e eu me pergunto quantas pessoas ela já ajudou. Nunca ajudei ninguém. Sou egoísta. Parveen não me apresenta aos pacientes e seus familiares. Acho que ela não quer admitir para si mesma, ou para qualquer outra pessoa, o motivo de estarmos aqui. Um homem vestido com roupas femininas se aproxima de nós ao lado da mãe. Ele pede a Parveen para explicar à mãe que isso não é uma questão de escolha. Parveen repete o discurso que eu ouvi inúmeras vezes nos encontros. Eu olho para a minha esquerda e a porta do consultório médico está aberta. Um homem de cabelos brancos está sentado atrás de uma mesa. Ele parece gentil. Espero que seja o meu médico. Ele está falando com alguém parado próximo à mesa, um homem, mas não consigo ver o rosto dele.

O homem está vestido com um jaleco. Ele se vira. Minhas unhas se enterram na mão de Parveen, e ela solta um gritinho.

O homem de jaleco é Reza. Eu preciso sair daqui. Como isso é possível? Outra piada cruel na minha vida.

– *Shomare* 137, número 137 – uma voz anuncia no alto-falante. É o nosso número! Vou vomitar.

– Oh! – Parveen grita, e as mulheres que estavam conversando com ela olham para mim como se eu fosse louca.

Será que Nasrin sabe que ele é esse tipo de cirurgião? Por que ela não me disse? Eu prendo o véu apertado em volta da cabeça, escondendo o rosto o máximo possível. Meu nariz e meus olhos são as únicas partes à mostra. Ah, Deus, ele vai me reconhecer! A garotinha com a fenda palatal ri, pensando que meu comportamento estranho é parte de uma brincadeira. As mulheres balançam a cabeça educadamente para Parveen e se afastam devagar.

– Você tem um *hijab*?[23] – eu pergunto a Parveen. Ela abre a bolsa e tira seu *chador*, que usa quando vai à mesquita. Eu o coloco e escondo o rosto. É a única ocasião em minha vida que um *hijab* aparece em boa hora.

– O que você está fazendo? – Parveen pergunta, mas eu não posso responder.

Nós duas olhamos dentro do consultório, então Reza vem para a sala de espera, chamando o nome de Parveen após lê-lo no formulário. Eu agarro a mão dela.

– É o noivo de Nasrin – eu digo.

---

[23] Vestimentas preconizadas pela doutrina islâmica. Esse termo também pode ser utilizado para se referir às roupas femininas tradicionais dos países islâmicos, neste caso, ao *chador*, um véu comprido que, em geral, deixa apenas o rosto à mostra. (N. da T.)

Parveen fica tensa e olha para o médico com olhos arregalados. Reza não me reconhece; ele apenas nos dá um sorriso tonto. Eu tenho que sair daqui.

— Nós podemos ir embora – Parveen diz.

Mas essa é minha primeira consulta com o médico. Quem sabe quando terei outra chance? Eu não quero que o médico pense que eu não estou levando isso a sério e me coloque na lista negra, garantindo que eu nunca mais consiga marcar outra consulta.

— Não. Eu preciso fazer isso. Ele não me reconheceu. Mas preciso me livrar dele.

O doutor Hosseini se levanta atrás da mesa e balança a cabeça para Parveen e para mim. Reza fecha a porta às nossas costas. Estou presa!

— Obrigada por nos atender tão depressa, doutor Hosseini – Parveen diz enquanto se senta.

Eu continuo de pé. Sinto que vou hiperventilar. Não sei o que fazer.

— Minha querida, você pode se sentar, por favor – o doutor Hosseini diz.

Eu fico em silêncio, colada ao chão onde estou, e Parveen olha para mim constrangida.

— Algum problema? – o doutor Hosseini pergunta.

Sim. Eu realmente gostaria que o piso de linóleo se abrisse e me engolisse inteira. Eu poderia ir parar no inferno rapidinho. Com o Vovô Zangado me dando bronca enquanto eu despenco.

— Doutor Hosseini, minha amiga... Ela, bem, é constrangedor, mas ela tem receio de que seu jovem assistente continue olhando para ela – Parveen diz, e meu rosto arde sob o *chador*.

– Ah, não! Doutor Hosseini, eu não estava olhando! Vou me casar, senhor! Eu nunca faria isso.

Deus, ele é gentil até mesmo depois de ser acusado indevidamente. O doutor Hosseini apenas gesticula para Reza.

– Está tudo bem, Mahdavi. Se isso deixa a jovem mais à vontade, você poderia esperar lá fora?

Funcionou! Obrigada, Alá, você é o melhor!

– Claro, senhor. Sinto muito que ela tenha se sentido dessa maneira. Eu não estava olhando, sinceramente. Eu sinto muito, de verdade... – Reza continua se desculpando enquanto sai do consultório.

É isso mesmo, senhor Perfeito. Ninguém o quer aqui dentro. Eu me sento diante do doutor Hosseini.

– Agora, como posso ajudá-la, minha cara? – ele pergunta gentilmente.

Ele não parece má pessoa. Mas eu não vou mostrar meu rosto ao médico. Ele só vai ver os meus olhos.

– Bem, senhor, veja bem, eu gostaria que o senhor me transformasse num homem – eu digo.

Quero dizer, por que outro motivo eu estaria ali? Eu não digo isso em voz alta. O doutor Hosseini se inclina para a frente em sua cadeira de couro, e eu não consigo evitar fazer o mesmo. Ele tira os óculos e aperta a parte superior do nariz. Minha mãe costumava fazer isso quando estava incomodada.

– Antes de começarmos, eu preciso que você tenha certeza absoluta de que é isso que quer. Então falarei sobre o procedimento e não quero que você me interrompa até que eu tenha terminado. Ok?

Eu concordo com a cabeça. Parveen respira fundo. Eu me pergunto quantas vezes ela teve que ouvir essa mesma ladainha do médico, e se isso não é um *flashback* de sua primeira visita ao consultório.

— Essa cirurgia, sobre a qual estamos falando, é uma verdadeira tortura. Sua amiga aí pode confirmar isso. — Ele gesticula na direção de Parveen e o rosto dela fica pálido. — Você se lembra da agonia por que passou? Nós rasgamos seu corpo e depois voltamos a costurá-lo, e a semana de sofrimento depois disso... Você desejaria isso ao seu pior inimigo?

Parveen balança a cabeça e começa a chorar. Ah, não. Isso é uma chateação. Bem, eu vou fazer isso. Eu não ligo para o que o homem tem a dizer.

— Depois da cirurgia, você não vai mais poder conceber um filho. Talvez queira se casar algum dia, mas ter uma família não será uma opção para você. É possível que não saiba disso ainda, mas adotar uma criança será muito difícil para você, devido à sua condição de transexual. Você compreende?

Eu sei a biologia básica das coisas. Não sou uma idiota. Eu não sei se quero ter filhos. Isso não é algo em que eu tenha pensado. A ideia de ter filhos me assusta, porque eu sei como é quando seus pais o abandonam, intencionalmente ou não. Se eu tivesse um filho e algo me acontecesse, eu nunca me perdoaria. A voz da senhora Mehdi me dizendo quanto Nasrin gosta de crianças surge na minha cabeça.

— Agora, a reconstrução do peito, a maneira como fazemos isso... — o doutor Hosseini diz. Meus mamilos se enrijecem de imediato, e fico feliz por este *chador* ocultá-los. Ok, então meus mamilos não querem que isso aconteça. Mas quem perguntou a eles? — Provavelmente ficarão cicatrizes, e seus mamilos serão enxertados. Eu tenho uma fotografia aqui de como eles vão ficar. — O médico me mostra a foto e meus mamilos ficam eriçados, implorando que eu cancele a cirurgia. Eu olho para Parveen, que ainda está pálida e relembrando o sofrimento de sua própria cirurgia. – Se você quiser fechar sua abertura vaginal, nós faremos uma vaginectomia, que é a remoção da vagina. Você então teria a opção de fazer uma faloplastia, que é a construção de um pênis. – Enquanto ele fala, eu cruzo as pernas. Minha vagina não está feliz com esse plano.

O doutor Hosseini continua discutindo sobre a pele que ele pode tirar de diversas partes do meu corpo para ajudar a construir um pênis. Pele da minha panturrilha permitirá que eu tenha sensibilidade erótica, mas a pele do meu abdome não. Então ele diz que alguns pacientes preferem a metoidioplastia, que consiste em preencher aos poucos o meu clitóris com testosterona, então despregá-lo da sua posição original... Algo sobre aumentar o comprimento do órgão e movê-lo mais para a frente... Isso permite ter sensibilidade, enquanto uma faloplastia... Algo sobre aumentar a extensão da uretra... Deus, essas ilustrações são bem realistas. Eu fecho as coxas com força. Ele começa a falar sobre a terapia de hormônios à qual eu terei que me submeter, como injetar o medicamento, os exames de sangue, o psiquiatra que eu terei de consultar por seis meses, e eu...

Estou no chão, deitada, com o doutor Hosseini e Parveen pairando sobre mim.

– Sahar, você está bem? – Parveen pergunta, seus olhos cheios de preocupação.

O médico explica que eu desmaiei. Ele diz para eu me sentar devagar e Parveen me ajuda. Ela me envolve em seu *chador*, escondendo meu rosto do médico. O doutor Hosseini me entrega um copo d'água enquanto ainda estou no chão. Eu tomo um gole e não consigo encará-lo.

— Aquilo não era para assustá-la — ele diz. — É só a maneira como esse processo acontece. Você tem que ter certeza de que isso é algo que queira fazer.

Eu penso no quanto sou decepcionante. Como posso ser desse jeito e viver no Irã? Eu levanto o olhar e há duas fotografias emolduradas. Vovô Zangado e Vovô Decepcionado. Eu posso jurar que Vovô Zangado está sorrindo com malícia. Vovô Decepcionado apenas olha para mim como se soubesse que eu não seria capaz de fazer isso. Ele sabe que eu não sou tão corajosa.

— Sinto muito por ter feito essa cena. Eu... eu não acho... — eu digo.

Reza entra rapidamente com um copo d'água. Ele me reconhece agora. Eu poderia morrer.

— Sahar? O que você...? — ele fica sem fala por um momento.

Ele pode ver o medo em meus olhos, e sabe por que estou aqui. *Eu quero ser como você.* Eu espero que ele não saiba por que quero ser como ele. Reza está perplexo, mas lentamente, lembrando-se de onde está, ele se agacha e me entrega o copo d'água.

— O seu pai sabe que você está aqui? — ele pergunta.

A brincadeira acabou. Eu começo a chorar. Parveen me abraça. O médico me diz que tudo vai ficar bem. Eu pensei que poderia fazer aquilo. Agora, o que farei?

16

Minha escola ligou para *Baba* para saber por que faltei ontem e ele está tentando conseguir uma explicação minha. É uma pena que eu esteja deitada em posição fetal na minha cama e não sinta vontade de conversar com ninguém. Ele deveria entender isso. Ele faz mais ou menos a mesma coisa desde que mamãe morreu. Comprou um pouco de *khoreshts* ensopado em lata da loja na esquina de nosso apartamento. Eu ficaria impressionada, se não fosse pelo fato de que estou absolutamente devastada porque esse casamento vai acontecer, e não posso fazer nada para impedi-lo. Chega de fantasias insanas ou novas tentativas de fazer essa atrocidade desaparecer. Vai acontecer.

Eu não sei se Reza contou a Nasrin que ele me viu na clínica. Não sei o que ele pensa ou se ele suspeita de alguma coisa entre mim e Nasrin. Eu não posso fazer a cirurgia agora, porque Reza saberia. Parveen me deixou em casa, depois do meu desmaio no consultório. Ela não ficou por muito tempo, disse que tinha que voltar ao trabalho no banco. Mas ela me deu um abraço e me disse que tudo ficaria bem. Eu senti que ela mentia, mas foi um gesto gentil, de qualquer forma. Ali não me ligou. Ele provavelmente ainda está bravo por causa da cena que fiz no restaurante. Não importa. Eu não preciso de ninguém.

– Sahar, posso entrar? – *Baba* pergunta atrás da porta do meu quarto.

Eu não respondo. Para minha surpresa, ele entra assim mesmo.

– Sahar *joon*, venha comer alguma coisa. Eu comprei *fesenjoon*.[24] E *noon sangak*; você adora pão quente.

Eu continuo de costas para ele. Estou olhando fotografias de Nasrin, tiradas no meu aniversário de 5 anos, que ficam penduradas na parede perto da minha cama. Numa delas, mamãe está me abraçando por trás e Nasrin está esfregando cobertura de bolo no rosto de Cyrus.

Baba se senta na minha cama e põe a mão no meu ombro.

– Sua professora disse que suas notas caíram. Eu não sabia o que falar para ela. Suas notas sempre foram excelentes. Na pré-escola você já era obcecada em saber as palavras certas das rimas infantis.

Eu não ligo se ele está desapontado. Talvez eu tenha percebido que não há por que estudar. Ainda serei uma lésbica sem

---

[24] Ensopado de frango, nozes e xarope de romã. (N. da T.)

namorada. Ele tira a mão do meu ombro. Bom. Espero que tenha terminado.

— Devo ligar para Nasrin e pedir para ela vir aqui?

Começo a rir histericamente. Eu me sento e olho para ele. Ele está tão confuso. Sabe exatamente de quem eu preciso em momentos como este. Mas ele não sabe que, agora, Nasrin talvez seja a última pessoa que eu quero ver. Estou começando a chorar de tanto rir, e *Baba* parece preocupado.

— Ligar para Nasrin? — eu pergunto. — Você quer saber por que as minhas notas caíram? Por que faltei na aula? Por que tudo deixou de ter sentido? — Eu quero que ele saiba. Quero que ele me conheça, saiba com que eu, dolorosa e silenciosamente, tenho lidado. — Você quer saber o que Nasrin, quando vem aqui, faz para me deixar tão bem?

Ele ficará surpreso por descobrir que sua filha é uma inimiga do Estado, uma criminosa e uma aberração não prevista nos planos de Deus.

— Ela ouve você?

Minha raiva desaparece. Ele parece tão desamparado e inocente, como uma ovelha prestes a ser abatida no fim do Ramadã.[25]

Talvez seja por *isso* que sou tão devotada a ela. Ela me ouve.

Mesmo com todas as atividades egocêntricas e a vaidade, quando eu converso com Nasrin, ela me escuta. Ela me deixa falar quando a sociedade e o resto do mundo não permitem. Ela ouviu minha voz interior e ainda assim me ama. Talvez *Baba* não seja o estranho que pensei que fosse.

---

[25] Nono mês do calendário islâmico, durante o qual os muçulmanos jejuam. (N. da T.)

– Sim. Ela me ouve. Eu... obrigada por ter comprado o jantar.

Baba continua sentado, paciente e esperando que eu continue a explicação. É difícil ficar brava com ele. Está tão perdido!

– Só estou triste por perder Nasrin. Agora que ela vai se casar.

Isso é o mais perto que eu chegarei de lhe contar a verdade. Não quero que ele se preocupe comigo. Não quero que ele se meta em encrenca ou monitore todos os meus movimentos. É como mamãe disse, é melhor esquecer a ideia de me casar com Nasrin.

– Sahar *joon*, não fique triste. Só porque ela está se casando, não significa que Nasrin não a ame. Você pode visitá-la e ela pode vir aqui quando quiser. O marido dela também pode vir, se ele quiser. Podemos preparar juntos um jantar para eles.

É mais do que eu esperava que ele fosse dizer. Não faz com que me sinta melhor, mas pelo menos ele está tentando.

– Além disso, quando você for para a faculdade, não terá tempo para cozinhar, e já é hora de eu começar a aprender. Se você tiver tempo, pode me ensinar.

Faculdade. Ainda tem isso. Eu poderia ser uma médica melhor que Reza. Talvez eu pudesse ser uma cardiologista e poupar outras garotinhas do sofrimento de perder um dos pais por causa da falência do coração. Ainda tenho uma vida para viver, mesmo se Nasrin não fizer parte dela.

– Sim, eu gostaria de fazer isso – digo, e ele sorri.

Isso parte o meu coração, porque eu não o vejo sorrir assim há muito tempo.

– Meu arroz está comestível esta noite. Você deveria experimentar. Fiquei chocado comigo mesmo.

Agora é a minha vez de sorrir. Ele está tentando, como eu pedi que fizesse. *Baba* me leva até a cozinha e me pede para ligar para Ali e convidá-lo para jantar conosco. Eu deveria mesmo fazer isso. Ainda preciso me desculpar pela cena que fiz. Eu ligo para o celular de Ali, mas ninguém atende. Ligo para o apartamento. Sem resposta. Ele provavelmente saiu com os amigos. É claro que ele está com os amigos; ele sempre está com os amigos. Ele tem milhares de amigos, e eu estou sempre sem amigos e tendo que jantar com meu pai.

– Acho que seremos apenas nós dois esta noite – eu digo e desabo numa cadeira da cozinha.

Eu não vou pôr a mesa. Nem servirei a comida. Eu não farei nada. *Baba* não parece se incomodar com isso, enquanto liga a TV para assistir ao jogo de futebol. Nenhum de nós dois gosta de futebol; é do barulho que gostamos. Ele disfarça o silêncio constrangedor. *Baba* coloca um prato de arroz meio queimado coberto com *fesenjoon* na mesa. *Fesenjoon* sempre me pareceu com diarreia. É cozido de romã, com pedaços de nozes e frango. É delicioso, se você comer com uma venda nos olhos.

O interfone toca. *Baba* e eu nos entreolhamos confusos. Ele se levanta e atende.

– *Baleh?*

– *Dayi*, me deixa entrar! – É Ali, e ele parece bêbado.

Eu corro para onde *Baba* está e pego o interfone.

– Ali, o que você quer?

Ele é muito descarado de vir até aqui nesse estado. Uma voz de garota surge através do interfone. É a Filha.

– Por favor, nos deixe entrar. Ele está machucado. Nós não sabemos o que fazer.

Eu imediatamente libero a entrada. Conheço Ali o suficiente para saber que jamais traria a Filha para cá se não fosse uma emergência. Abro a porta e vejo Ali, um braço sobre os ombros da Mãe e o outro nos ombros da Filha. Seu rosto parece estar coberto de pedaços esmagados de romã. Seu lábio está sangrando, e ele está com um olho inchado. *Baba* corre para amparar Ali e levá-lo para dentro. *Baba* o acomoda no sofá. A Filha está ofegante. A Mãe tira as luvas friamente.

– O que aconteceu? – eu pergunto, e *Baba* olha para mim, tão espantado quanto eu. A Filha começa a chorar um pouco.

– Eu acho melhor vocês limpá-lo antes – a Mãe diz. – Ele pode sujar os móveis com sangue.

Nunca gostei dessa vadia. Eu corro para o banheiro e molho uma toalha. A Filha agora está se lamentando na sala de estar. Eu corro de volta para o sofá. Ali parece tão pequeno enquanto eu gentilmente limpo seu rosto.

– Devemos levá-lo para o hospital? – *Baba* pergunta.

– Não! – nós quatro gritamos.

Ali estremece, e eu sei que seja qual for o problema em que esteja envolvido, ele está aqui por um motivo. Ele não tem outro lugar para se esconder. Eu pressiono a toalha no olho machucado.

– *Baba*, segure a toalha aqui. Vou ligar e pedir ajuda.

– Para quem você vai ligar? – *Baba* pergunta.

A última pessoa no mundo para quem eu gostaria de ligar. Ali vai ficar me devendo, e muito. Eu vou para o meu quarto e ligo do meu celular. Toca duas vezes antes de Nasrin atender.

– *Salam, azizam!* Meus pais saíram para jantar, se você quiser vir e...

– Eu preciso da ajuda de Reza. Ali está machucado, e ele precisa de um médico – eu murmuro entredentes.

Eu consigo ouvi-la engasgar. Ela sabe que deve ser sério, porque não há outro motivo para eu sacrificar nossa sessão de amassos. Não há outra razão por que eu pediria para seu noivo perfeito vir à minha casa.

– Ele... Eu acho que está no hospital. Vou pedir para avisá-lo. Ele deve terminar logo o que está fazendo.

– Por favor, peça para ele se apressar.

– É claro! Você quer que eu vá para sua casa?

– Não! Não... Não se preocupe.

– Ok. – Nós suspiramos ao mesmo tempo.

– Eu não posso... Eu não consegui encontrar uma maneira de impedir o casamento – eu digo, e ela suspira pelo telefone.

– Está tudo bem. O que você poderia fazer?

– Eu preciso desligar.

– Tudo bem. Eu te am...

Desligo na cara dela. Volto para a sala de estar. Eu me volto para Ali. Seu sangramento parece ter parado, mas *Baba* continua pressionando a toalha. A Mãe está sentada à vontade na mesa da cozinha. A Filha ainda está em pé, suas mãos tremendo. Ela não consegue parar de chorar, e eu fico ao lado dela, esfregando suas costas, tentando acalmá-la.

– Está tudo bem. Shhh. Ele vai ficar bem, ele sempre fica bem.

Eu digo isso para o bem de nós duas. Eu olho para Ali sobre o meu ombro. Ele não parece tão machucado assim, mas tem uma aparência horrível. Eu levo a Filha para se sentar diante da Mãe na mesa da cozinha.

– O que aconteceu? – sussurro para a Mãe. Eu não quero que *Baba* descubra em que Ali está envolvido.

– Posso tomar um pouco de chá antes? Não é fácil arrastar um homem escadas acima. Mesmo que ele seja magro.

Eu bato o punho sobre a mesa. A Filha choraminga e *Baba* olha para nós, alarmado.

– Sahar? O que está acontecendo? – ele pergunta, e eu gostaria que ele não estivesse em casa agora.

– Nada! Estou apenas preparando um pouco de chá – eu digo.

A Mãe apenas sorri com malícia. Vou para o armário, pego duas xícaras e sirvo *chai* para as nossas visitantes. Eu jogo a xícara da Mãe diante dela, derramando chá na mesa. Eu gentilmente entrego a outra xícara para a Filha, pressionando-a em suas mãos, que ainda tremem.

– Está sem açúcar. O que aconteceu?

A Mãe ergue uma sobrancelha, finalmente cede e começa a me contar.

– Estávamos no meio de uma *negociação*, e ele nos ligou e pediu que fôssemos buscá-lo. Ele parecia estranho, e quando nos disse onde deveríamos encontrá-lo, eu pensei que estivesse brincando.

Eu olho para Ali.

– *Natars, dayi jan* – Ali diz. – Eu só tive um desentendimento com uma pessoa. Vou ficar bem.

Ele falou isso para eu ouvir, mas sorriu para o rosto triste e preocupado de *Baba*, tentando convencê-lo a não se preocupar.

– Onde vocês o pegaram? – eu pergunto.

– Na delegacia de polícia – a Filha diz.

Eles finalmente o pegaram. O invencível Ali. Machucado e quebrado no sofá velho de sua falecida tia.

– Ele estava num canto quando estacionamos. Ele fez a gentileza de garantir que não precisaríamos entrar. Esta aqui estava morrendo de medo – a Mãe indica a Filha com um movimento de cabeça.

– Eu nunca fui presa – a Filha diz, e eu coloco minha mão sobre as dela, que continuam tremendo. – Ouvi histórias sobre o que acontece. Apenas histórias, mas nunca se sabe.

O telefone toca e eu corro para atender.

– *Baleh?* Alô?

– Sahar? É o Reza. Nasrin me disse que seu primo está ferido.

– Sim. Ele está consciente; foi espancado. Precisa limpar os ferimentos, e não sei...

– Está tudo bem. Estarei aí logo. Estou dirigindo para sua casa agora mesmo.

Ele não menciona nada sobre ter me visto na clínica. Eu odeio o fato de ele ser tão legal. Poderíamos ser amigos um dia, talvez até colegas.

– Obrigada. – É tudo que consigo reunir coragem para dizer.

– Tudo bem. Nasrin me mataria se eu não te ajudasse. Deveria ter ouvido ela falando no telefone.

Eu sorrio diante dessa declaração. Ela consegue ser tão temperamental...

– Apenas se assegure de que ele continue consciente.

Ele desliga, e eu tenho certeza de que Nasrin pediu a Reza para não fazer nenhuma pergunta. Coloco o fone no gancho, me agacho perto de *Baba* e assumo a tarefa de pressionar a toalha no rosto de Ali. *Baba* começa a chorar e Ali revira os olhos.

– Você não pode pedir para ele parar com isso? Eu estou bem! – Ali diz.

Se a cara dele já não se parecesse com uma ameixa estourada, eu lhe daria um tapa.

– *Baba*, eu fiz chá e nós temos companhia. Vá se sentar com elas até Reza chegar.

Ali ri quando ficamos sozinhos.

– Eu pareço durão, apesar de tudo? Os garotos realmente gostam disso. Você sabe, um tipo como Clint Eastwood. Eu sempre achei o Marlon Brando mais bonito. Mesmo depois que ele engordou.

Eu não sei do que ele está falando.

– Cala a boca, Ali. Você pode fazer isso pelo menos uma vez? Ficar quieto?

– Sahar, você vai ficar com rugas na testa se continuar me olhando assim. Ninguém quer uma garota com rugas.

– O que você vai fazer? – eu pergunto.

Ali olha para mim como uma criança à qual se perguntou o que vai querer de presente de aniversário. Ele pensa por um longo tempo, então dá de ombros.

– Fugir – ele diz.

Eu não perguntei quem bateu nele desse jeito, mas, quem quer que seja, sabe sobre Ali. Sabe o que ele faz, onde ele faz, quem são seus amigos, quais cafés são conhecidos e quando ele vai estar lá. Sabe quem ele é. Ele assinou a própria sentença de morte. Não há mais lugar no Irã para Ali.

O interfone toca e *Baba* atende, cumprimentando Reza à porta. Reza rapidamente se aproxima de nós, inspecionando Ali. Ele é o Super-Homem! Ele coloca as luvas de látex e começa a trabalhar, examinando as feridas de Ali. Reza retira materiais de sua maleta mágica de médico e limpa todos os cortes. Ele pergunta a Ali em que lugares foi espancado, se dói em mais alguma parte.

Ali admite que foi golpeado várias vezes no tronco e levou chutes na virilha. Suas mãos foram esmagadas sob uma bota, e ele recebeu alguns açoites nas costas.

– Podemos ir agora? – a Mãe pergunta friamente da cozinha para Ali. Ele lhe dá uma piscadela e ela revira os olhos. A Filha se aproxima de Ali e beija a mão dele. Ela recomeça a chorar.

– Não faça isso, *azizam*. Shhh, estou bem! Verei você em breve. – Pela maneira como Ali diz isso, eu não acho que ele irá.

A Filha continua chorando, e eu me levanto, aperto seus ombros e a levo para a Mãe.

– Qual é o seu nome? – eu sussurro em seu ouvido.

Ela para de chorar por um momento e sorri. Eu não acho que perguntam isso a ela com frequência.

– Nastaran. Meu nome é Nastaran.

– É um nome bonito. Sou Sahar. Você pode vir aqui sempre que precisar de um lugar para ficar – eu digo, sem me importar com as consequências.

Ela me abraça apertado. Eu acho que mamãe ficaria orgulhosa de mim. Quando Nastaran me solta, ela desce as escadas para encontrar sua cafetina. Espero vê-la de novo. Eu realmente espero.

– Eu ainda acho que você deveria ir ao hospital, se puder – Reza diz para Ali. – Não tenho certeza se você não tem nenhum ferimento interno.

Infelizmente não há uma máquina de raios X na maleta maravilhosa de Reza.

– Estou bem. Ficarei bem – Ali diz.

Eu acho que é tudo que conseguiremos dele esta noite. Ele leva a mão ao bolso da calça jeans e retira um bolo de notas amassadas. O bom médico balança a cabeça educadamente e deseja boa-noite a seu paciente.

– Obrigada por ter vindo – eu digo. – Sei que tudo isso deve ter parecido muito estranho.

— Não é da minha conta, Sahar — Reza diz sem rodeios, e eu percebo que ele não está falando apenas de Ali. Será que ele sabe por que eu queria fazer a cirurgia? Não sei dizer. — Estou feliz por ajudar — Reza acrescenta. — Ele deve ficar bem, mas me ligue a qualquer hora se ele estiver com dores agudas.

Eu deveria contar a Reza que sua noiva não é boa para ele. Ele consegue coisa melhor. Ele merece alguém melhor.

— Me desculpe — eu digo, e é tudo que tenho para lhe oferecer.

17

Ali está conosco há duas semanas. Farshad, o policial grandalhão, finalmente pediu algo a Ali que ele não daria: Parveen. Não que Ali tenha qualquer direito de propriedade sobre ela, mas eu sei que, se Ali pedisse, Parveen consideraria a ideia. Ali disse não.

– Farshad não gostou da minha resposta – Ali brincou.

Farshad e seus companheiros pegaram Ali no parque e o prenderam por posse de contrabando. Ali diz que as drogas foram plantadas nele, mas eu acho que ele é arrogante o suficiente para pensar que pode escapar de qualquer encrenca. Os policiais transformaram sua vida num inferno. Eles forçaram Ali a ficar em pé por dois dias, espancando-o até virar uma polpa depois.

Baba está nervoso e pergunta a Ali o que ele planeja fazer. É sua maneira educada de dizer a Ali que ele não pode ficar no apartamento. *Baba* tem pavor da polícia. *Baba* teme por *mim*.

Parveen andou à procura de Ali. Ela chorou quando o viu todo espancado e ferido.

– Pare de se comportar como um bebê – Ali disse a ela.

Eu queria machucá-lo mais depois que ele disse isso. Ela traz secretamente coisas de que Ali precisa do apartamento dele para o nosso. Só sua coleção de sapatos pega quase todo o meu quarto. Quando eu volto para casa da escola, Ali está sempre no telefone, colocando seus negócios em ordem, tentando vender seu apartamento, fazendo todo tipo de coisas para escapar o mais rápido possível. Ali decidiu fugir para a Turquia. Ele ainda não contou a seus pais. Eu não acho que ele planeje contar antes de deixar o país.

Ali ligou nosso apartamento à transmissão via satélite ilegal do vizinho. Agora ele assiste todos os videoclipes de música que ele quer. Jennifer Lopez é sua favorita. Ele chacoalha a bunda magrela como a cantora faz, com um cigarro dependurado em seus lábios feridos.

– Você vai mesmo partir? – eu pergunto enquanto ele sacode os quadris com os braços bem abertos. Com as cicatrizes em seu rosto, fica parecendo um Jesus gay.

– Sim, Sahar. Ou você esteve meio distraída durante a semana que passou?

Ele está se comportando como, perdoe a minha linguagem, um cuzão. Eu acho que perder tudo em seu triste e pequeno império faz isso com uma pessoa. Eu me sento na poltrona de *Baba*. O videoclipe a seguir é de um cantor persa que mora em Los Angeles. Ele não é muito atraente e sua voz é uma porcaria.

Imagino que ele estivesse estudando para ser engenheiro, fracassado nos exames e decidido se tornar um cantor em vez disso. Imagino que as pessoas tenham o luxo de fazer esse tipo de coisa no Ocidente.

– Como você vai conseguir chegar lá? – eu pergunto.

Ali suspira, eu acho que é uma pergunta justa.

– A Mãe vai me levar até Karaj. Vou ficar com um velho amigo meu lá, que vai me levar para Tabriz. Eu vou me despedir de meus pais, talvez ficar por ali alguns dias e então ir até a fronteira.

Eu aposto que ele não vai conseguir. Ele não lida bem com o sofrimento.

– Você quer ir comigo?

Eu apenas pisco para ele. Não devo ter ouvido direito.

– O quê?

– Você. Quer. Ir. Comigo? – ele diz enquanto se senta no sofá.

Ele está louco. Ir com ele? Deixar o Irã para sempre, no meio da noite, como uma fugitiva? Ele revira os olhos.

– Quais são os seus motivos para ficar, Sahar?

– Eu... eu tenho a escola, e...

– Tudo bem, mas e, se você não se sair bem nos exames para entrar na universidade? Sempre existe essa possibilidade. Eles decidirão o futuro que você deverá ter. Talvez você acabe sendo uma contadora, um destino pior que a morte. – Ele estremece.

Eu não tenho me concentrado nos estudos ultimamente. Em parte, a culpa é de Ali.

– Eu não poderia deixar *Baba*.

Assim que termino de dizer isso, Ali ri cruelmente.

– Você vai ficar para ser a criada dele? Você planeja cozinhar para ele pelo resto da vida?

Baba precisa de mim. Sou tudo o que restou para ele. Mas, ao mesmo tempo, não posso tomar conta dele para sempre. Mamãe não gostaria que eu fizesse isso.

— Eu não falo turco muito bem – digo, e Ali agora sabe que estou enrolando.

— Você é inteligente, vai pegar o dialeto local rapidinho. Nós vamos poder sair para dançar! Você não precisaria usar todos esses trapos na cabeça no calor escaldante. Você vai poder beber em público. Ninguém vai te falar o que deve fazer ou pensar. Lá tem até boates gays! Você pode arranjar uma namorada legal e de seios grandes! Podemos ser livres. Consegue imaginar?

— Eu não posso deixar Nasrin.

Esse é o motivo da minha existência. Eu nunca poderia deixar Nasrin. Mesmo que ela esteja me deixando, eu não posso abandoná-la. Ali dá um longo trago em seu cigarro antes de apagá-lo num cinzeiro com a cara de Saddam Hussein estampada. O tipo de mercadoria que Ali andava vendendo.

— Você é triste, sabia disso? Está obcecada por aquela garota mimada porque não conhece nada além disso. Acha que ela sentiria sua falta se você partisse amanhã? Tudo que você é para ela não passa de um gato de rua que a segue para todo lado. Ela só precisa te fazer uns carinhos e você fica satisfeita.

Não é verdade. Ela me ama. Eu sei disso. Ele sabe disso.

— Ela vai se casar com o bom médico e não quer que você a impeça. Você entende? Ela a está abandonando e está feliz por se livrar de você.

Da poltrona, eu pulo em cima de Ali e bato meus punhos no peito dele.

– Seu *ahmak!*[26] Só porque você não sabe amar ninguém, precisa fazer com que eu me sinta um lixo.

Eu começo a bater em seu rosto e ele solta um grito agudo como o de uma garotinha. Ele puxa meus cabelos e eu continuo tentando acertá-lo, batendo em seu rosto já machucado. Ele me empurra e eu caio no chão, sem fôlego e suada. Ali se inclina sobre mim e segura a gola da minha camisa.

– Estou apenas tentando fazê-la enxergar as coisas como são, Sahar. Se ela não quiser você, eu poderia ter uma companheira de viagem. Eu quero que você faça parte da minha vida, mesmo se mais ninguém quiser.

Ele me solta e me deixa no chão. Escuto quando ele abre a porta da geladeira, provavelmente para pegar gelo para o rosto. Eu não me levanto para olhar. Meu celular toca no bolso da minha calça jeans. É o toque de Nasrin. O que ela quer agora?

– Atenda – Ali diz. – Sua preciosa e mimada pirralha está te ligando.

Eu corro para o quarto. Tola que sou, atendo o celular.

– Venha aqui pra baixo – Nasrin fala suavemente.

– O quê? Eu não posso, tenho lição de casa e...

– Sinto sua falta. Desça.

Eu penso sobre o que Ali havia dito. Como eu não significo nada para ela. Talvez eu devesse ir embora com ele. Esta tarde talvez eu me decida.

– Eu não posso ficar fora de casa por muito tempo – digo.

Eu definitivamente a escuto rir. Nós duas sabemos que não depende de mim a hora que voltarei para casa.

---

[26] Imbecil. (N. da T.)

– Vamos desça, Sahar *joon*. E dê um tapa na cabeça de seu primo antes de sair – ela diz e desliga o telefone.

Eu nem mesmo checo minha aparência no espelho antes de deixar o quarto. Meu primo idiota – ele faz coisas tolas, mas não é burro. Ele vê as coisas como elas são. Não, ela me ama. Sim. Ela deve me amar, depois de todo esse tempo. Mas está terminando; o casamento será daqui a uma semana e ela nem mesmo tentou. Ela nem mencionou tentar impedi-lo. Nem uma única vez. Ali está sentado no sofá, assistindo ao video-clipe do infeliz cantor pop de Los Angeles.

– Quando você vai partir? – eu pergunto a ele.

Ele sorri.

– Logo depois do casamento. Acho que é um momento tão bom quanto qualquer outro.

– Sim, é – eu assinto com a cabeça, e visto meu véu e o casaco.

– Você não vai deixá-la esperando? – Ali diz, e minha raiva evapora.

Ele só não quer me ver agindo como uma tola, da forma que tenho agido.

– Esta é a última vez – eu digo. – Ela logo pertencerá a outra pessoa.

Eu a amo, mas é tudo muito perigoso agora. Adultério e homossexualidade são duas coisas que a lei não permite. Eu não quero ser enforcada como aqueles garotos na praça, e não quero isso para Nasrin.

Este pode ser o nosso adeus.

Quando eu saio do prédio, ela está esperando por mim num táxi. Olhando pela janela, vejo que ela está linda como sempre, seus cabelos caindo para fora do véu e aqueles lábios que se curvam para o lado quando ela está pensativa. Entro no táxi e ela sorri para mim, como se soubesse um segredo que eu nunca descobrirei. Eu provavelmente nunca vou descobrir. Nasrin põe a mão sobre a minha.

– Aonde estamos indo? – eu pergunto.

– Para uma lembrança – ela diz, e eu fico um pouco frustrada.

Nós temos tantas lembranças. O taxista quase atropela duas crianças que tentavam atravessar a rua. Ele precisa atingir sua meta, não pode se dar ao luxo de parar. O rádio toca um CD de George Michael. Eu o reconheço apenas porque Ali adora George Michael. É a canção com o saxofone, aquela em que ele parece culpado. Eu não entendo realmente o que ele está cantando. Ele parece estar implorando e eu odeio que essa canção esteja tocando agora. Nasrin tem um sorriso no rosto enquanto sua mão permanece sobre a minha. Ela mantém a mão sobre a minha enquanto esperamos, presas no tráfego. Está fria. Quando finalmente chegamos a um estacionamento, Nasrin paga o taxista.

– Ah, não... – eu digo quando reconheço o lugar onde estamos.

Monte Tochal. Viemos aqui com nossas mães quando tínhamos 5 anos. Subimos a montanha num precário teleférico, e eu me agarrei à perna de minha mãe o tempo todo, enquanto Nasrin soltava gritinhos agudos, deliciada, perto de mim. Eles conseguiram acomodar quatro de nós numa cabine porque Nasrin e eu éramos bem pequenas. Eu me lembro de ter olhado pela janela por apenas um momento. Nós estávamos a uma altura tão grande! No inverno o teleférico opera como transporte para os esquiadores. Nas outras estações as pessoas o usam para outros fins.

– Não tenha medo, Sahar – Nasrin diz, enquanto entramos na área do parque. – Eles realmente fizeram grandes melhorias. Ninguém morre aqui faz bastante tempo.

Vendedores de suco de laranja e homens com barbas grisalhas atendendo em quiosques que vendem sorvete observam Nasrin enquanto ela passa por eles. Nós subimos no ônibus que nos levará até o teleférico, acompanhadas de uma mãe e seus três filhos pequenos. Geralmente a montanha é invadida por casais, principalmente durante a temporada de esqui no inverno. As mulheres usam longos casacos e véus que se ajustam confortavelmente a seus rostos e cabelos, com óculos de proteção geralmente segurando os véus no lugar.

– Por que estamos fazendo isso? – eu pergunto.

Odeio altura. Nasrin sabe disso. Ela parece muito relaxada enquanto o ônibus sobe a montanha. Ela segura a minha mão nas delas. Dar as mãos em público é um luxo que os casais não têm, mas nós somos apenas duas amigas.

– O casamento é na semana que vem – ela diz, como se eu não soubesse disso. Como se eu não estivesse contando os dias e ficando doente por causa disso.

– Este é o meu presente de despedida? – Ela aperta minha mão, como se dissesse: "Cala a boca, estamos num lugar público".

Não voltamos a nos falar até descer do ônibus, e Nasrin compra dois ingressos para irmos de teleférico até o topo da montanha. O atendente num macacão azul olha para ela de maneira estranha, porque é muito dinheiro para uma garota adolescente carregar num simples passeio. Ela não dá atenção a ele, enquanto me arrasta pela mão até a cabine. Estou furiosa por ter que ficar presa com ela num espaço pequeno. Ela não me dá escolha enquanto espera que eu suba na cabine. Esta é a última vez que a verei. Vou embora com Ali e não direi a ela. Ela que vá para o inferno... Eu não desejo isso de verdade.

— Sahar, entre! Rápido! — ela manda.

Eu desejo isso. Que ela vá para o inferno. Eu entro rapidamente e ela se apressa atrás de mim. O atendente fecha a porta e nós subimos. Os estalos e os barulhos instáveis que ressoam acima de mim me deixam aterrorizada. Eu olho para baixo, para as pedras e árvores, que diminuem de tamanho à medida que subimos. Nós vamos cair, tenho certeza disso. Não é assim que eu esperava morrer. Num teleférico precário, com a garota que eu amo e, ao mesmo tempo, odeio. De que forma serei lembrada? Posso até imaginar:

— *Você soube que a Sahar Ghazvini morreu?*

— *Quem?*

— *Você sabe, o cachorrinho de estimação de Nasrin.*

— *Ah, sim! A lésbica não assumida que amarelou na hora de fazer a cirurgia de mudança de sexo, e que nunca usava maquiagem o suficiente. Ela era uma grosseirona, não era?*

— Então, para onde ele a levará na lua de mel?

Eu quero saber. Eu quero fingir que estarei lá.

— Dubai — ela murmura.

Ela parece a antítese de uma noiva ansiosa.

— Que chique. Ele pode pagar pela viagem, trabalhando na clínica para transexuais.

Ela olha para a paisagem, com a cara fechada.

– Você sabe como sei disso. Não finja que você não sabia o que eu pretendia fazer.

Estou fervendo de raiva. Espero que Nasrin me olhe com aqueles olhos *eu-não-faço-ideia-do-que-você-está-falando!*, reservados para as ocasiões em que sabe com certeza que ela fez algo errado. Eu nunca contei direito a ela o que pretendia fazer, mas ela também nunca perguntou. Nós vivíamos imersas em nossas respectivas ilusões por muito tempo antes de todo esse desastre do casamento existir.

– Eu não achei que você... que era algo que você estava seriamente considerando fazer – ela diz.

– Ele sabe sobre nós? – eu pergunto.

– Não. Ele não mencionou que você esteve na clínica. Ele é muito sério com relação ao trabalho.

É claro que ele é. Ele não quer comprometer minha confidencialidade de paciente. Eu me sinto tão envergonhada.

– Maldita seja, Nasrin! – eu grito para ela. – Maldita seja por ter feito isso comigo. Por que permitiu que eu me apaixonasse por você? Você sabia que nunca ficaria comigo. Eu era apenas uma distração para mantê-la ocupada? Um brinquedo como os que seus pais compravam para você? Eu te odeio por me abandonar. Você era tudo o que eu tinha depois que mamãe... – Ela põe os braços à minha volta e eu choro em seu ombro. Não, eu não vou deixar que ela me console. Ela não merece isso.

– Sahar, olhe para mim – ela implora. – Olhe para mim.

Eu olho para longe e para baixo, na direção da montanha. Deus, estamos a uma altura tão grande! Não consigo respirar. Ou caímos ou eu vou hiperventilar. Ela me agarra, vira meu rosto para o dela e me beija na boca. Eu me afasto de Nasrin.

– O que está fazendo?

Eu olho em volta, para a frente e para trás de nós. Ela endireita meu rosto em suas mãos, comprimindo minhas bochechas, fazendo com que me sinta um esquilo.

– Estou beijando você em público. Ninguém pode nos ver aqui em cima.

– Sim, ninguém pode nos ver aqui em cima. Você tem vergonha de mim.

Ela aperta minhas bochechas com mais força.

– Estou sendo quem você quer que eu seja, pelo menos uma vez, e em público – ela diz.

Eu a beijo vigorosamente. Espero que seus lábios fiquem machucados. Espero que nenhum batom consiga esconder as marcas que vou deixar. Ela retribui o beijo, sem hesitar, sem tensão ou medo. Eu paro para tomar fôlego e para me assegurar de que temos alguns minutos antes da próxima parada, no topo da montanha. A última coisa de que precisamos é que um atendente nos pegue no flagra.

Nasrin puxa meu cabelo, como ela costumava fazer quando éramos pequenas.

– Você pertence a mim, Sahar. Só deduzi que você sabia que eu pertencia a você. Eu sempre vou pertencer.

Ela me beija de novo e eu mantenho os olhos abertos, para ter certeza de que teremos tempo suficiente antes de chegar à plataforma. Os olhos dela permanecem fechados. Ela está falando sério, de verdade. Eu me afasto. Eu me pergunto se devo contar a ela que estou pensando em ir para a Turquia, que eu quero que ela venha comigo. Ela nunca aceitaria. Seria muito difícil para ela deixar sua vida de luxo.

– Eu não vou esperar mais por você, Nasrin. Depois do casamento, não poderemos continuar assim.

Ela fica boquiaberta, em choque. Ela é tão infantil e petulante!

– Mas... só porque vou me casar, não significa que nós não podemos... que você não pode...

– Seu marido descobriria, com o tempo. Então o que aconteceria? Eu não vou sacrificar minha vida ou a sua por causa de um romance juvenil.

Ajo de maneira fria e intencional agora. Precisamos nos separar ou ela será o meu fim. Eu me sento sobre minhas mãos, para não me sentir tentada a tocá-la de novo.

– Qual é o seu problema, Sahar? Por que você está agindo assim?

Nós chegamos a uma estação intermediária e paramos.

– Vão desembarcar ou continuar? – um atendente em macacão azul pergunta.

– Desembarcar! – eu grito, e saio da cabine o mais rápido que consigo.

Ar frio bate no meu rosto enquanto caminho até o mirante. Não há muitas pessoas vagando por ali, apenas algumas crianças com os pais. Está anoitecendo e as luzes de Teerã brilham a distância. Eu não vejo a cidade assim desde que era criança. Tudo parecia tão mágico naquela época. Agora as luzes parecem insignificantes. Eu sinto a respiração de Nasrin em minha nuca coberta.

– Eu te amo – Nasrin sussurra. – Nunca vou amá-lo como amo você. Você não consegue entender isso?

Há uma súplica desesperada em sua voz, mas eu já a ouvi antes, quando ela tinha 8 anos e implorou por uma casa de bonecas caríssima como presente de aniversário. Ela esqueceu completamente da casa de bonecas uma semana depois.

– Eu entendo que você queira coisas legais – eu digo. – Você finalmente quer que seus pais se orgulhem de você. Sei que você quer ter filhos para amar, não importa se vão ser espertos ou bonitos ou imprestáveis. E porque eu te conheço, porque eu te *amo*, sei que todas essas coisas não podem ter nada a ver comigo. Não importa quanto eu queira que tenham.

Nasrin começa a chorar. Eu me viro para ela e começo a chorar tanto quanto ela. Nasrin se inclina e me abraça. Nós nos apoiamos uma na outra porque não há mais nada a fazer. Nunca chegaríamos ao topo da montanha, de qualquer forma.

18

Ali e *Baba* estão em pé na sala de estar, as mãos juntas, na altura do queixo. Estou chocada por ver Ali orando. O fato de ele ainda se lembrar de como se faz isso já é um milagre por si só. E ver meu pai orando ao lado de Ali em nossa sala de estar me deixa boquiaberta. *Baba* não rezava desde que mamãe morreu. As orações deixam seus lábios silenciosamente e alcançam o éter antes que os dois caiam de joelhos e pressionem a testa no chão. Eu espero os dois terminarem antes de limpar a garganta e avisar que estou acordada naquela manhã e presente.

Ali se vira primeiro e sorri.

— Estou um pouco enferrujado — ele ri e *Baba* dá tapinhas no ombro dele.

Eu nunca fui muito religiosa. Acredito em Alá da mesma maneira que acredito que Nasrin me ama. Seu amor é constante, mas nem sempre disponível.

– Assim como eu – *Baba* diz enquanto Ali vai para a cozinha.

Há pão e queijo na mesa, e a água para o chá está fervendo na chaleira. Eu cheguei a um universo paralelo. *Baba* e eu seguimos Ali.

– O que está acontecendo? – eu pergunto.

– Ali vai embora – *Baba* diz. – Esta noite.

Eu olho para o perfil de Ali enquanto ele serve chá em três copos. Eu me sento à mesa; *Baba* se senta diante de mim. Estou sem apetite. Não sei o que deveria fazer. Se eu for com Ali, será um novo começo. Vai ser difícil, mas nunca terei que ver Nasrin bajular Reza ou me sentir tentada toda vez que ela ficar nostálgica e quiser me levar para um passeio, como uma motocicleta Honda abandonada por muito tempo na oficina de Dariush.

Ali põe os copos diante de *Baba* e de mim e se senta à mesa. *Baba* toma um gole e Ali mastiga um pedaço de pão. Eu inspeciono os dois. *Baba* parece um pouco melhor ultimamente. Ele não tem ficado catatônico e conversa com Ali de vez em quando. Na maioria das vezes, a conversa é sobre quando Ali planeja partir, mas, mesmo assim, é melhor do que apenas assistir a vida passar. Ali tem falado cada vez menos em seu celular esta semana. Eu acho que ele já resolveu todos os seus assuntos, da melhor maneira possível. Ambos estão descontraídos, me deixando sozinha com os meus problemas. Isso não é justo.

– Por que esta noite? – eu pergunto.

É tão cedo, e ele não me avisou com muita antecedência. Eu não concordei em ir junto, mas também não disse que não iria. Talvez a oferta tenha sido retirada.

– Eu organizei minhas finanças e não quero esperar até sexta-feira – Ali diz, entre mordidas.

Mas o tráfego é horrível nas noites de quinta-feira. As pessoas querem sair da cidade para um pequeno passeio, apenas para passar horas no meio da fumaça, da neblina e da poeira. Estou começando a pensar que nada faz sentido neste país. Acho que Ali não vai aguentar ficar em Teerã por mais um dia. Talvez eu deva sair.

– Tem algum plano para esta noite? – Ali pergunta.

Então sua oferta ainda está de pé. Ele vai partir, nunca retornará e quer que eu vá junto. É ridículo, é perigoso e parece ser a melhor oferta que receberei.

– Eu ainda não sei – eu digo.

Eu realmente não sei. Ali ri dissimuladamente e tira um maço de cigarros do bolso. Ele nunca tinha fumado antes de seu problema com a lei. Agora ele fuma quatro cigarros por dia. Isso me faz me lembrar de mamãe e eu odeio esse pensamento.

– Tenho que ir para a escola – eu digo e me levanto.

Baba pega o meu braço gentilmente antes que eu me afaste ainda mais.

– Eu liguei para a escola e disse que você estava doente – ele murmura. – Você e eu temos algo para fazer hoje.

Agora eu sei com certeza que estou sonhando. *Baba* não só me fez cabular aula como vai passar um tempo comigo de verdade. Ele solta o meu braço e bebe o chá.

– Coma algo. Temos um longo dia pela frente.

Eu olho para Ali, que dá de ombros. Nem ele sabe o que *Baba* pretende fazer. Passo um pouco de queijo feta em meu pão e dou uma mordida, mas só porque *Baba* está me observando. Uma mordida é tudo que eu aguento.

No táxi, eu descubro aonde estamos indo, depois que passamos pelo mausoléu do Vovô Zangado. É uma enorme mesquita, maior que a mansão do xá, que agora virou um museu. O estacionamento para o mausoléu está quase vazio, exceto por um ônibus de turismo meio vagabundo com a palavra Pashto escrita na lateral. As pessoas no ônibus não parecem ser iranianas. Elas provavelmente são do Paquistão. Odeio pensar que esta é a versão deles da Disneylândia, mas todo mundo tem sua viagem dos sonhos, eu acho. O motorista do táxi tira as mãos do volante para orar por um momento quando passamos pelo mausoléu, e eu espero que Alá esteja com ele, para não batermos o carro. O motorista coloca as mãos no volante novamente quando nos aproximamos da saída.

– Por que me trouxe aqui? – pergunto a *Baba*. Nós não estivemos aqui desde o funeral da mamãe. Eu não pensei que voltaríamos um dia.

– Talvez a gente precise pedir informação – *Baba* diz enquanto entramos no Cemitério Behesht Zahra.

Um pôster grande e colorido dos mártires da Guerra do Iraque nos recebe. Os mártires ocupam uma grande parte do cemitério. O lugar é imenso porque é aqui que todos os mortos de Teerã são enterrados. É tão grande quanto vários estádios de futebol juntos e muito bem cuidado. *Baba* diz ao motorista o número da seção onde fica o túmulo de mamãe, e o homem segue as placas. As estradas empoeiradas são ladeadas por árvores até onde o olhar alcança. Eu me lembro de ter notado isso no dia do funeral.

Baba diz ao motorista para parar e paga a corrida. O homem faz uma pequena oração novamente; isso está ficando cansativo. Eu desço do carro e penso em todo o dinheiro que *Baba* gastou para nos trazer aqui. Poderíamos ter economizado esse dinheiro para algo importante. Há uma garotinha, com não mais que 6 ou 7 anos, vendendo flores que estão num pequeno balde. *Baba* caminha até ela e compra uma flor para cada um de nós. Ele também compra uma garrafa de água da garota, para limpar o túmulo, que provavelmente juntou muita sujeira.

Nós dois começamos a andar em direção ao campo de sepulturas. Todas as lápides, as sepulturas, estão espremidas tão perto que é impossível não andar sobre uma ou outra. Algumas sepulturas têm fotografias dos mortos na parte de cima das lápides. Eu me lembro de que mamãe está perto de uma que tem a foto de um homem gordo, de bigode, usando um chapéu. Ele parece muito confuso na imagem. Eu não consigo acreditar que é a melhor fotografia que sua família poderia encontrar para homenageá-lo. Quando eu finalmente a vejo, um nó se forma na minha garganta, e eu posso ouvir *Baba* também fazendo o seu melhor para não chorar.

Nós olhamos para baixo, para a sepultura de mamãe. *Baba* abre a garrafa de água e lava a lápide, tirando a poeira, revelando uma inscrição curvilínea em persa, dizendo ao mundo que ela era uma amada esposa e mãe. Nós dois ficamos apenas olhando para a inscrição. Eu gostaria de ter mais dinheiro para fazer a caligrafia da inscrição um pouco mais elegante. Não é algo estranho de se pensar?

Baba se agacha e põe a mão na sepultura. Ele olha para mim e espera que eu faça o mesmo. Eu não sei por quê. Rezar não vai fazer com que ela descanse mais em paz, mas é um costume, então eu me abaixo até que minha mão pouse pesadamente sobre a palavra "mãe". *Baba* sussurra a oração, e eu permaneço em silêncio. Ela não gostaria que eu faltasse na escola para fazer isso. Ela me diria que ficar ali olhando para a sepultura dela não vai me fazer entrar na universidade e então suspiraria por causa do sentimentalismo piegas de *Baba*. Depois ela provavelmente seguraria a mão dele e diria a *Baba* para não me preocupar tanto. Ele se levanta e eu faço o mesmo. Nós colocamos os cravos cor-de-rosa na sepultura.

– *Salam*, Hayedeh – *Baba* diz. – Peço desculpas por não ter vindo antes. Foi difícil... bem, eu não estava pronto. – Isso tudo é muito estranho. – Olhe para a nossa filha. Ela não é linda?

– *Baba*, pare – eu imploro a ele. – Ela não pode ouvi-lo.

Ele balança a cabeça e respira fundo. Eu não acho que *Baba* também acredita nisso. Mas é uma tentativa corajosa. Ele me olha nos olhos e eu o vejo como era antes da morte de mamãe.

– Ela ficaria orgulhosa de você, do seu desempenho na escola e tomando conta de mim. Você se tornou uma jovem maravilhosa. Eu não sei quanto crédito posso levar por isso, mas você é realmente maravilhosa, e eu sou muito agradecido pelo espírito dela olhar por você.

Não chore, Sahar. Seja forte por ele, caso contrário, ele vai começar a soluçar.

– Ela também ia querer que você fosse feliz. Ela ia querer que nós dois fôssemos felizes. E nós não temos sido felizes, temos?

Eu poderia mentir. Nós tivemos momentos felizes. Esporádicos e não tantos quanto costumávamos ter, mas não somos tão infelizes assim, somos? Não somos tão terrivelmente trágicos a ponto de ele parecer um velho e eu ter tentado me tornar um homem...

– Não, *Baba*. Nós não temos.

Baba absorve minha resposta e olha para a sepultura.

– Você vai partir? – ele pergunta. – Com Ali?

Não há nenhuma emoção em sua voz quando ele pergunta isso. Eu me pergunto se Ali contou a *Baba* que havia me pedido para ir para a Turquia com ele. Não importa. *Baba* sabe agora.

– É tentador – eu digo. – Ter um lugar onde recomeçar.

Deus, o que há de errado comigo? Eu não estou negando ou poupando os sentimentos de *Baba*. Sou uma filha má. Agora *Baba* começa a chorar. Estou à beira das lágrimas também.

– É tão ruim aqui? Eu tenho andado tão... tão melancólico?

Sim, você tem. Mas, ainda assim, eu o amo.

– Você não fez nada de errado.

Ele ainda está chorando quando estende o braço para pegar minha mão. Eu seguro a dele na minha e nós dois olhamos para a sepultura, esperando que mamãe saia lá de baixo e nos diga para parar de agir como bebês.

– Por favor, fique, Sahar. Por mim.

– Estou com medo do que o futuro reserva para mim. E agora que Nasrin vai se casar, enfrentarei o futuro sozinha. Isso me aterroriza.

– Você vai me deixar para enfrentar *meu* futuro sozinho, Sahar. Eu sei que não mereço isso, mas, se você ficar, vou melhorar, prometo. Você não vai mais ter que cozinhar, e nós podemos caminhar no parque como costumávamos fazer.

Faz anos que ele não age com tanta intensidade assim. A caligrafia na inscrição da sepultura fica borrada quando eu não consigo mais segurar as lágrimas.

– E o seu sonho de se tornar médica? Você vai desistir de tudo isso porque a vida é difícil? A vida é difícil em todos os lugares!

Ele está incorporando a mamãe agora. Já não era sem tempo. Está agindo como um pai de verdade, e isso me faz chorar ainda mais.

– Você só não quer ficar sozinho – eu consigo dizer entre soluços. – Você não se importa com a minha felicidade.

Ele aperta minha mão com mais força. Eu posso senti-lo olhando para mim.

– Sua felicidade é importante para mim, mas, sim, estou fazendo esse pedido por egoísmo. Me desculpe se eu... se eu nem sempre demonstro que me importo. É difícil saber o que você está pensando. Sua mãe era assim. Eu tinha que cavar para descobrir o que a incomodava. Me desculpe se eu não tenho tentado tanto com você.

Você não ia querer saber o que está acontecendo na minha vida. Você ficaria desapontado comigo. Talvez até enojado, e eu não conseguiria lidar com isso, porque você será o último parente que me restará.

– Se eu ficar, você não vai me abandonar de novo, vai, *Baba*? Você promete que não vai mais agir como um fantasma ambulante? Porque eu estou cansada disso, e ela ficaria também.

Ele assente com a cabeça e eu o abraço. Ele me envolve com seus braços magros. Ele é tão frágil, mas parece que fica cada vez mais forte e seguro enquanto nosso abraço se prolonga. Estou quase tentada a lhe dizer que senti a falta dele.

Ali e Parveen estão sentados na sala de estar quando voltamos para casa. Parveen está chorando e Ali continua assistindo a televisão. É uma novela brasileira, dublada em persa, que está passando num canal ocidental ilegal.

— O médico descobriu que ela estava fingindo a gravidez? — *Baba* pergunta, e eu olho para ele chocada. Eu não sabia que era aficionado por novela.

— Não. Acho que ele ainda está tentando dar a ela o benefício da dúvida — Ali diz, apagando um cigarro no cinzeiro de Saddam Hussein.

Parveen continua chorando, mesmo quando abre um sorriso educado para o meu pai.

— Posso lhe servir algo, Parveen *khanum*? — *Baba* pergunta.

Tenho quase certeza de que *Baba* não sabe que Parveen é transexual, mas gosto de pensar que, mesmo que ele soubesse, não a trataria de maneira diferente.

— Não. Me desculpe. Só estou... estou triste com essa situação... — ela continua chorando, e Ali revira os olhos.

— Eu disse a ela que pode me visitar sempre que quiser. Não vou morrer, só me mudar.

Ele parece exasperado. E está nervoso, balançando uma perna e imediatamente acendendo outro cigarro.

— Sahar, o que você decidiu?

Ele nunca foi de fazer rodeios. Às vezes gostaria que mais pessoas fossem assim.

— Quando Parveen for visitar você, irei junto — eu digo, e posso ouvir toda a tensão deixar *Baba* num suspiro profundo.

Ali parece incomodado, mas não surpreso. Acho que ele está se acostumando com o fato de não ser mais quem dá as ordens.

– Como quiser. Mas é uma pena. Eu estava contando em ter uma parceira – Ali diz.

Ele é uma pessoa sociável e não se dá muito bem sozinho. Acho que talvez sinta falta de ter alguém em quem mandar. Parveen assoa ruidosamente o nariz num lenço, e é a coisa menos feminina que eu já a vi fazer. Estamos todos apenas esperando a Mãe e a Filha aparecerem para buscar Ali.

– Sahar, posso falar com você em seu quarto por um instante? – Ali pergunta e eu assinto com a cabeça.

Ele vai na frente e então fecha a porta do quarto atrás de mim.

– Você tem certeza de que quer ficar? Eu posso esperar, se você precisar de mais tempo para pensar.

Nós dois sabemos que ele não pode esperar. Ele teve sorte de ter conseguido escapar ileso por tanto tempo desde o incidente com a polícia.

– Sou iraniana, Ali. Não importa o que mais eu seja, este é meu lar.

Ele zomba do meu patriotismo recém-descoberto, embora saiba que não é bem assim. É a situação. Ali sabe que o Irã é seu lar também, mesmo que ele não queira que seja.

– Vou mandar fotos das mulheres turcas – ele sorri malicioso. Você vai mudar de ideia rapidinho.

Eu não sei com quem mais poderei ter conversas como essa.

– Vou sentir sua falta.

– É claro – ele diz, me dando um empurrão com o quadril. É sua maneira de dizer que vai sentir minha falta também.

– Você vai conseguir enfrentar o casamento sem mim?

Não, eu não vou.

– Vou ficar bem. Eu acho. *Baba* não é um acompanhante tão ruim. Ele nunca aluga minha orelha como você.

Nós dois rimos disso. O interfone toca, avisando que a carona de Ali chegou. Ele me beija na bochecha.

– Vou te avisar para onde deve escrever, assim que eu me instalar.

Eu balanço a cabeça e nós voltamos para o *hall*, para nos juntarmos aos outros. Ali abre a porta da frente para revelar a Mãe, com um ar particularmente irritado, e a Filha, que tem um machucado novo no rosto.

– Leve-a com você – eu sussurro no ouvido de Ali.

Se ele está tão desesperado para ter uma companhia, que seja alguém que realmente merece uma segunda chance. Ele sorri para mim e começa a se despedir. Ele dá um aperto de mão em *Baba* e *Baba* o abraça de verdade. Parveen chora e beija ambas as bochechas de Ali. Ela então segura o Alcorão no alto, para Ali passar sob ele três vezes, para assegurar que faça uma travessia segura. É engraçado, porque Ali tem que se abaixar e bambolear sob o Alcorão. Depois de se endireitar, ele abraça Parveen. Ali está chorando agora, e eu tenho que olhar para o chão, porque seu choro me deixa desconfortável. *Ali não chora.*

Eu olho para Nastaran e lhe dou um sorrisinho. Ela acena para mim. Ali pega sua mochila e sua mala de rodinhas. É tudo que precisa levar. Ele deixa o apartamento abruptamente, antes que alguém o convença a ficar. A Mãe revira os olhos e pega Nastaran pelo braço, arrastando-a para fora do apartamento. Quando eu fecho a porta, Parveen despenca no sofá, chorando com as mãos no rosto. *Baba* não sabe o que fazer, exceto preparar um pouco de chá. Estou orgulhosa por ele prepará-lo sozinho. Eu me encosto na porta, tentando compreender o que a partida de Ali significa.

– Ele vai ficar bem, não vai? – Parveen pergunta, em meio aos soluços.

Eu balanço a cabeça. Ele sempre fica bem. Meu celular apita, indicando a chegada de uma mensagem. É provavelmente uma propaganda, me lembrando de orar por um imã que morreu centenas de anos atrás. Eu dou as boas-vindas a qualquer tipo de distração quando abro meu celular para ler a mensagem: *Continue sonhando, garota. Olhe debaixo da sua cama.*

É claro que Ali tem que ser misterioso até o último minuto. Eu espero que ele não tenha me deixado nenhuma pornografia gay ou ópio. Vou para o meu quarto e me deito de bruços no chão para alcançar debaixo da cama. É uma bolsa Adidas de tamanho médio, e estou quase com medo de abri-la. Ah, por favor, que não seja nada ilegal. Meu corpo todo estremece quando abro a bolsa. Está cheia de dinheiro, e aquele diabo me faz chorar de novo.

19

O salão de cabeleireiro cheira a *spray* de cabelo, removedor de esmalte e açúcar. Essa combinação é o cheiro que eu sempre associarei com desapontamento. A senhora Mehdi continua rondando a cadeira de Nasrin enquanto a maquiadora estressada tenta agradar a ambas, o que é quase impossível. Nasrin insiste em que precisa de mais rímel, e a senhora Mehdi lhe diz que, se passar mais, vai ficar parecendo uma prostituta. Eu olho para o meu reflexo enquanto minha cabeleireira me censura em voz alta por meu cabelo estar tão seco. Eu gostaria de dar um soco nela, mas não tenho energia para isso. Tomei um dos antidepressivos de *Baba*, para acalmar a sensação de náusea em meu estômago. Espero que ele não perceba, mas hoje estou disposta a arriscar. Reza deve chegar a qualquer momento, para buscar sua noiva na Mercedes que ele alugou para a ocasião, e Nasrin está ficando cada vez mais agitada.

– Fique quieta, Nasrin! – repreende a senhora Mehdi.

Nasrin bufa, à beira de um ataque de raiva. Faz duas horas que elas estão discutindo. As outras mulheres no salão tentam conversar educadamente, as vozes se sobrepondo ao barulho dos secadores, mas a tensão é visível. Duas das amigas de escola de Nasrin estão aqui. Eu já as vi em festas de aniversário ou em passeios ao *shopping*, mas acho que Nasrin as enxerga como amigas "reserva", daquele tipo que serve só para passar o tempo. A cunhada da senhora Mehdi e uma prima também estão presentes, junto com as outras duas sirigaitas de maquiagem carregada. As duas sempre olham para mim como se eu fosse uma pobre órfã desamparada. Eu as odeio.

– Se você colocar mais sombra, então eu vou *mesmo* ficar parecida com uma prostituta – Nasrin rosna. – É isso que você quer? Ele já está gastando dinheiro suficiente comigo. Acho que as pessoas vão entender a mensagem sem todo esse dourado nas minhas pálpebras.

Eu sei que isso é difícil para ela. A senhora Mehdi belisca a cintura da filha, e Nasrin se levanta um pouco da cadeira. Acho que a senhora Mehdi a teria estapeado, se isso não fosse arruinar a maquiagem de Nasrin.

– Acho melhor colocar o vestido – murmuro para que a minha cabeleireira pare de falar sobre o condicionador que eu deveria estar usando.

– É uma ótima ideia, Sahar! – Nasrin diz enquanto salta da cadeira. – Vou com você.

A senhora Mehdi está soltando fogo pelas ventas.

– Por que você não espera Sahar se trocar primeiro?

Nasrin lança um olhar para a mãe que poderia congelar o deserto.

— Eu preciso de ajuda com o meu vestido — ela sibila e me arrasta até o cômodo dos fundos, onde todos os vestidos estão pendurados.

Ela tranca a porta atrás de nós e esfrega as têmporas, gemendo.

— Pelo menos depois de hoje, ela não vai mais poder mandar em mim.

Eu toco o rosto dela suavemente e Nasrin se inclina para pegar minha mão.

— Eu não estou borrando sua maquiagem, estou? — pergunto, preocupada de verdade com a possibilidade de a senhora Mehdi ter um ataque de raiva.

— Eu não ligo — ela sussurra, e beija a palma da minha mão. — Vamos acabar com isso.

Eu imagino que ela vai falar o mesmo para Reza esta noite, quando ele quiser mais intimidade. Que casamento mais promissor. Ela começa a se despir e eu absorvo cada curva, cada parte dela que Nasrin enxerga como defeito e eu vejo como uma revelação.

— Pare de encarar, Sahar. Você está me deixando vermelha, e isso pode estragar o estúpido esquema de cores da maquiagem — ela ri, mas eu não sinto vontade de rir.

Ela entra no vestido que tirou cuidadosamente da arara, o puxa para cima e me pede para fechar o zíper.

Eu me aproximo bem dela e abaixo a mão para puxar o zíper. Minhas mãos acariciam seus ombros expostos. Eu posso sentir sua pele arrepiada sob a ponta de meus dedos.

— Você está nervosa?

– Só ficarei feliz quando o dia terminar. Tudo que eu quero são fotografias excelentes e dançar perto de você. – Ela se vira para olhar para mim. É a noiva que eu sempre quis. – Coloque seu vestido – Nasrin sussurra, e eu obedeço.

Parveen me ajudou a escolher o vestido preto, justo e acetinado. Essa foi a única condição na hora de escolher minha roupa, que fosse preta. Nasrin olha para mim e pega as minhas mãos.

– Vamos fingir, como costumávamos fazer.

Quando éramos pequenas, nós fingíamos que nos casávamos uma com a outra. Em geral, um dos bichinhos de pelúcia de Nasrin fazia o papel do mulá, e as barbies serviam como testemunhas.

– Você está tão bonita! – Nasrin me diz.

– Você também – murmuro. – Você é a esposa dos meus sonhos.

Eu a beijo na bochecha e então limpo a garganta, porque temos que ir.

– Nós não temos mais 6 anos, Nasrin. Não há mais tempo para fingir.

Embora ser uma adulta seja uma idiotice. É uma idiotice mas é necessário, e se é isso que ela realmente quer para nós, não posso fazer nada para impedir.

Nasrin abana os olhos para não começar a chorar e arruinar a maquiagem.

– Me desculpe por... Bem, você sabe, tudo isso. Eu só não vejo como...

– Tudo bem. Está tudo bem.

Não está, mas eu não vejo alternativa.

– Ele é um homem de sorte e... Seja feliz. É isso que eu quero para você.

Eu abro a porta depois disso porque me sinto sufocada e não aguento olhar para Nasrin sem querer beijá-la – ou quebrar a cara dela. Fique calma. O dia ainda nem começou de verdade.

Todas as mulheres no salão saúdam alegremente Nasrin em seu vestido de noiva.

– Nasrin, se apresse! – a senhora Mehdi grita. – O carro de Reza está lá fora!

Nasrin revira os olhos, mas sorri diante de toda a atenção que está recebendo. As duas amigas da escola enrolam um xale de casamento na cabeça e no colo de Nasrin, para que ela possa andar em público. Então ela parte. As outras mulheres e eu olhamos da porta, todas nós apertadas bem juntas para conseguir ver o carro alugado de Reza, com guirlandas de flor de laranjeira por toda parte. Reza cumprimenta Nasrin e a ajuda a entrar no carro, verificando várias vezes para ter certeza de que todo o vestido coube no banco da frente. O rosto de Reza está pálido e brilhante por causa do suor. Eu me afasto da multidão na porta e encontro meu casaco e meu véu. Os carros que nos levarão à cerimônia chegarão daqui a pouco, e eu não consigo olhar para o casal feliz por muito mais tempo, de qualquer forma.

A senhora Mehdi volta para o salão com o véu tão frouxo na cabeça que é como se não estivesse usando um.

– Senhoras! Preparem-se, nossas caronas chegaram.

As mulheres se atropelam para encontrar os véus, os casacos e as bolsas; para retocar a maquiagem; e para dar uma última arrumadinha na roupa diante do espelho. A senhora Mehdi se aproxima de mim e segura minha mão.

– Você vai comigo – ela diz. Não é um convite.

Nós corremos para fora e Cyrus abre a porta da Mercedes dos Mehdi para mim. Eu entro no carro, deslizando no banco de trás para abrir espaço para a rainha. Tão logo ela entra, o carro fica impregnado de perfume, uma fragrância de marca que cheira à riqueza. O filho obediente fecha a porta atrás da senhora Mehdi e depois assume o volante. A senhora Mehdi e eu ficamos sentadas no banco de trás sem falar uma palavra. Cyrus começa a dirigir, sua mãe reclama que ele está indo muito rápido ou muito devagar, até que o pobre rapaz fica com uma aparência tão ruim quanto a de Reza. A senhora Mehdi coloca a mão sobre a minha, no meio do banco.

– Está acabado agora. Você compreende?

Eu olho para ela, mas ela não faz contato visual; mantém o olhar na estrada, para se assegurar de que Cyrus não bata em nada. Eu posso fingir que não sei do que ela está falando. Mas depois de hoje, isso não importa mais.

– Eu compreendo. Perfeitamente – digo, e ela solta a minha mão.

Pela janela, olho para o tráfego na estrada. Tento não me concentrar em detalhes. Nós passamos por um vendedor ambulante, oferecendo milho na beira da estrada, dois motociclistas sem capacete e fileiras de bandeiras iranianas alinhadas em rampas de saída.

– A senhora deve estar muito feliz hoje – eu digo, ainda olhando pela janela. – Reza é um noivo bonito.

– Chega.

– Estou apenas lhe dando os parabéns! Que casamento maravilhoso vocês planejaram, não é, Cyrus?

Estou furiosa, mas Cyrus é muito devagar para acompanhar a conversa. Ele apenas sorri, balança a cabeça e buzina para o carro da frente.

– Ele vai tomar conta dela. Ela nunca vai precisar fazer nada por si mesma, ou explorar o mundo. Uma dona de casa, como a senhora! Que sortuda!

– Nem todo mundo é tão inteligente quanto você, Sahar – ela diz. – Ou tão problemática.

Eu quase me jogo em cima dela e arranho seu rosto com minhas unhas recém-pintadas.

– Não, Nasrin é uma boa garota. Uma garota muito, *muito* boa.

E sim, eu faço esse comentário com intenções perversas, embora sinta vergonha até mesmo de pensar em Nasrin fazendo sexo. A mão da senhora Mehdi está sobre a minha novamente, dessa vez com um aperto de esmagar os ossos. Nós fazemos contato visual, e nós duas sabemos que jamais falaremos sobre esse momento novamente. Nós provavelmente não falaremos sobre mais nada.

– Essa é a melhor coisa – ela sussurra. – Para vocês *duas*.

Eu sei que, um dia, concordarei com ela. É impossível para Nasrin e eu realmente ficarmos juntas. Todas nós sabemos disso. Eu murcho e me recosto no banco de couro. A senhora Mehdi afrouxa o aperto, mas mantém a mão sobre a minha durante o restante do caminho até a cerimônia. A mão dela estremece um pouco. Ela está com medo, também. De mim, eu acho.

Nós finalmente chegamos à vila do avô de Nasrin. Há tantos carros e muitas pessoas indo para o casamento que mais parece um funeral.

– Cyrus, vá lá dentro e cuide para que seu pai não fique bêbado – a senhora Mehdi diz. – São só duas da tarde.

Cyrus corre para fora do carro. Nós estamos sozinhas agora.

– Não vou dizer nada lá dentro – eu murmuro. – Sei que ela tem que fazer isso. A senhora não deu muita escolha a ela.

A senhora Mehdi retira a mão da minha. Eu fecho a mão em punho.

– Você é tão parecida com sua mãe... – ela diz. – Ela perdeu tudo para ficar com o seu *Baba*. A riqueza, o *status*, a família. E ela nunca olhou para trás.

Não chore. Não deixe que ela a veja chorando.

– Eu admito que meu marido e eu não somos loucamente apaixonados. Eu costumava me perguntar como seria estar apaixonada por alguém. Mas depois das crianças e das lembranças que compartilhamos, não penso mais nisso. Você entende? Acaba.

Não. Eu não acho que acabe. Eu sei que isso não vai acontecer comigo. Eu vou me manter ocupada. Vou me distrair. Haverá até mesmo dias em que não terei que me lembrar de respirar. Eu sei que Nasrin continuará existindo, que talvez até seja feliz, e eu ficarei bem com isso. Enterrarei meu amor, mas ele nunca vai acabar.

A senhora Mehdi balança a cabeça e olha para um grupo de parentes do marido, os penteados altos e fofos envoltos por ostentosos véus Versace.

– Olhe para elas. Tanto dinheiro e ainda assim não sabem o que fazer com ele.

– Há quanto tempo a senhora sabe? – eu pergunto. Eu não sei por quê. Isso não importa mais.

– Suponho que durante muitos anos eu tenha fingido não saber. Eu achava que estava imaginando coisas. Mas ela olha para você da maneira que eu gostaria que alguém tivesse me olhado. Só uma vez. – A senhora Mehdi dá um sorriso triste.

Eu não sei se devo estrangulá-la ou lhe dar um abraço por ser a ligação mais próxima que tenho com mamãe.

– Eu tive que casá-la. Você entende? Porque, se eu podia ver isso, seria apenas questão de tempo antes que alguém também visse. – Ela começa a tremer. O medo domina todas as coisas.

Eu desço do carro. Respiro fundo, ponho a mão no estômago e silencio qualquer pensamento sobre gritar. Então sigo em frente. Ombros para trás, como um bom soldado, entro no salão, onde mulheres gordas vestidas de forma imprópria para a idade entregam os casacos a um criado, os perfumes delas se misturando num aroma que eu sempre associarei com a tristeza.

Eu tiro meu véu e meu casaco, e os penduro eu mesma no armário aberto perto da porta. Ajeito o vestido e me deixo ser conduzida para uma sala de estar, onde a noiva e o noivo estão sentados próximos. Reza parece muito seguro e tão orgulhoso, embora chacoalhe a perna. Nasrin coloca a mão sobre o joelho dele para fazer com que pare. Ela está sempre no controle.

O *sofra*, um grande tecido cerimonial, está estendido no chão em frente aos noivos, carregado de enfeites tradicionais de casamento: um arco-íris de flores, um Alcorão aberto, nozes coloridas arrumadas em belos desenhos, velas acesas em ambos os lados de um espelho com moldura dourada, no qual a noiva e o noivo podem se observar. É muito para absorver. Estou desesperada para olhar para outra coisa, *qualquer* coisa.

Eu olho para o senhor Mehdi, que, depois de falar com o mulá, pagou a um grupo ligado ao governo para permitir que tanto homens como mulheres pudessem comparecer ao casamento. Observo Cyrus, que não para de checar o relógio. Olho para Dariush, que está parado ao lado do irmão, com um sorriso malicioso no rosto que deixa claro para mim que ele e Sima transaram. Os outros amigos próximos e familiares me empurram por trás, para entrar na sala. Uma das amigas "reserva" de Nasrin, tonta e idiota, pega a minha mão e me puxa para trás do casal. As amigas e algumas primas de Nasrin seguram um tecido de linho sobre a cabeça dos noivos. Eu não ouso abaixar o olhar para ver o reflexo do casal no espelho.

Todos estão calados agora e o mulá começa. Uma das primas de Nasrin, à minha esquerda, me entrega dois blocos de açúcar do tamanho de espigas de milho dentro de uma redinha branca, que eu devo triturar sobre o linho, garantindo um doce casamento ao casal. Eu começo a triturar levemente, ouvindo o mulá discursar sobre o significado do casamento e o quanto Alá ficará satisfeito com a união dessas duas pessoas maravilhosas, que o mulá provavelmente conheceu apenas vinte minutos antes.

O mulá pergunta a Nasrin se ela aceita Reza como seu marido. Uma amiga grita:

– A noiva foi colher flores!

Muitas pessoas acham essa tradição graciosa e recatada, mas me deixa enjoada agora. O mulá faz a mesma pergunta a Nasrin, e uma de suas primas diz:

– A noiva foi colocar as flores num vaso!

Eu trituro o açúcar fervorosamente. Se eu continuar nesse ritmo, logo não sobrará açúcar para triturar.

O mulá pergunta a Nasrin mais uma vez se ela aceita Reza como seu marido. Não consigo evitar espiar o reflexo no espelho, e notar Nasrin retribuindo o meu olhar. Ela sorri, de verdade, provavelmente pela última vez hoje.

Diga alguma coisa. Acabe com isso. É uma mentira. Tudo isso é uma mentira.

Eu balanço a cabeça, e a deixo ir. Ela olha para o chão, e dá sua resposta.

– Com a permissão de meus pais e antepassados, eu aceito.

Todas as mulheres aclamam, gritando e fazendo barulhos como os índios nos filmes de caubói. Só resta perguntar a Reza. Estou triturando o açúcar intensamente, com mais concentração que qualquer um já tenha dedicado a essa tradição estúpida.

– *Baleh!* Sim! – Reza diz, e a sala toda irrompe em aclamações.

Eu abro a boca, mas não sai nenhum som. O mulá os faz assinar a certidão de casamento. Depois eles mergulham o mindinho num copo com mel e oferecem um ao outro. Espero não estar me encolhendo repugnada à vista de todos. Meu estômago parece estar se corroendo. Tudo dói. Com um sorriso, Nasrin tira o mindinho da boca de Reza. A senhora Mehdi está enxugando os olhos. Lágrimas de alegria ou de culpa? Eu não tenho muita certeza. O senhor Mehdi dá um tapa nas costas do genro. Os pais de Reza se aproximam do *sofra*, mostrando todos os presentes que eles agora concedem ao casal. Eles são seguidos por tias, tios, e os avós, que oferecem joias, e finalmente pelo senhor Mehdi, que presenteia o casal com a escritura de uma casa tão cara que Nasrin começa a chorar.

Assim como eu.

A prima idiota de Nasrin que está ao meu lado começa a me dar tapinhas no ombro.

– Não é maravilhoso? – ela pergunta, e eu concordo com a cabeça, enxugando os olhos.

A noiva e o noivo se levantam e então saem, para tirar fotografias. Eu assisto Nasrin se afastar, de braços dados com Reza, e ela não olha para trás. Nenhuma vez. Ela será feliz. Terá quem tome conta dela. Ela nunca terá que se preocupar comigo.

Nós estamos livres uma da outra.

– Sahar? Você está bem? – *Baba* me pergunta.

Eu saio de meu transe. Ele olha para mim com uma expressão preocupada. Todos os convidados foram para o quintal nos fundos.

– Sim. Me desculpe – eu sussurro. – Acho que não estou acreditando. Ela está casada.

Baba sorri e me oferece o braço.

– Vocês garotas estão crescendo tão rápido. Um dia será o seu casamento. *Insha Alá* – ele diz.

Pobre homem – está sempre perdido. Neste momento eu o amo por isso. Eu pego seu braço e me preparo para toda a dança, todos os gracejos e os beijos nauseantes que o casal feliz irá compartilhar.

– Vamos – eu digo, e juntos nós nos aventuramos na pior noite da minha vida.

20

—Lápis na mesa – o professor Aminzadeh diz. Faltava só uma questão para eu terminar o exame de biologia semestral. A faculdade é mais difícil do que eu achei que seria, mas estou grata pelo desafio. Manteve minha mente ocupada. Quando vi meu nome no jornal como uma das aprovadas para a Universidade de Teerã algumas semanas depois do casamento, eu não ri ou gritei ou liguei para *Baba*. Apenas suspirei e agradeci a Deus por ter algo para me manter ocupada. Os exames foram um inferno, mas assistir Nasrin se casando também foi.

Eu passo meu teste para a frente, para o professor assistente que os está recolhendo, e olho para Taraneh. Ela dá de ombros envergonhada, e eu dou risada enquanto me levanto. Nós nos encontramos fora da sala de aula.

– Eu não cheguei à última questão – eu digo.

– Última questão? – Taraneh ergue uma sobrancelha. – Acho que respondi metade do meu teste errado! Eu nunca vou passar.

Taraneh é uma boa aluna. Não tão boa quanto eu, mas estudar é tudo que tenho para fazer. Ela veio de Shiraz e mora no dormitório feminino. Eu moro em casa, com *Baba*. Nós ficamos amigas na aula do professor Aminzadeh, suspirando sobre nossas anotações e nos compadecendo da horrível letra do professor. Ela faz parte do meu grupo de estudos. Somos um bando de cinco garotas sérias, mas às vezes vamos ao cinema ou fumamos juntas de um narguilé na casa de chá. Taraneh e eu somos as únicas sem namorado em nosso grupo, mas nós nunca falamos sobre isso. Eu não me importo com os garotos. O namorado de Soheila é engraçado e não leva os estudos muito a sério. Ele me lembra Ali.

Recebo notícias de Ali, mas não posso escrever para ele, porque ele nunca inclui um endereço no envelope das cartas que me envia. Acho que Ali vai me dizer como entrar em contato. Ele diz que está se saindo bem em Istambul, trabalhando como promotor de uma boate. Eu tenho a impressão de que Ali entrega panfletos e fica rondando os hotéis, para atrair os turistas e convencê-los a sair com ele.

Ele e Nastaran fingem ser irmãos. Ela mantém limpo o minúsculo apartamento que dividem. Numa das fotografias que Ali enviou, ele e Nastaran estão ao lado de uma *drag queen* israelense obesa chamada Big Sara. Nastaran mostra a língua para a câmera e a *drag queen* parece extasiada por receber um beijo de Ali na bochecha. Eu colei a foto na parede do meu quarto. A imagem me faz sorrir toda vez que olho para ela.

– O que você vai fazer amanhã? – Taraneh pergunta.

Amanhã é quinta-feira. Depois das aulas vou preparar o jantar e estudar, Parveen vai aparecer e nós vamos tomar chá. Ela vai falar sobre sua nova paixão por Jamshid, do grupo, e eu vou dar risada, indiferente. Goli *khanum* percebeu os sentimentos de Parveen, então ela sempre pede para a garota e Jamshid irem à cozinha, para preparar o chá para o grupo. O romance nascente também distraiu o grupo da ausência de Maryam. Ela voltou para as ruas, vendendo o corpo para comprar drogas.

Depois que Parveen for embora, vou estudar mais. *Baba* voltará para casa de sua oficina e nós jantaremos juntos. Ali deixou tanto dinheiro que *Baba* pôde alugar um espaço melhor para trabalhar e contratou um assistente. Seu negócio tem crescido, e eu realmente posso ter vislumbres de sua vida antes da morte de mamãe. Depois do jantar, vamos conversar sobre o que fizemos durante o dia. Então assistir à nova novela brasileira, dublada em persa. *Baba* vai gritar para a televisão, esperando que "Julianna" de alguma forma o escute e fuja com o doutor Cláudio.

– Nada de mais – digo para Taraneh quando saímos para a quadra. – Tenho muita coisa para estudar.

Alguns rapazes estão jogando futebol. Mal. Estudantes se amontoam em volta da barraca de suco, dando goles em bebidas de melão enquanto checam o celular. Duas garotas estão vendendo ingressos para um concerto no *campus*, em que uma das atrações será a poesia de Hafiz.

– Se você quiser dar um tempo, podemos sair? – Taraneh sugere.

– Ah, o pessoal vai fazer alguma coisa?

– Não. – Taraneh sorri timidamente para mim. – Só pensei que talvez você e eu podíamos fazer alguma coisa. Só nós duas.

Eu paro e olho para Taraneh. Ela finalmente tem toda a minha atenção enquanto continua.

– Estava pensando em ir ao Restaurante Javan. Já ouviu falar?

Ah. Ela está segurando com força a alça da mochila, provavelmente em resposta ao fato de eu estar boquiaberta.

– Sim, já estive lá – eu digo. – E você?

Ela morde o lábio e balança a cabeça. Eu fecho a boca e engulo em seco.

– Bem, eu... estou feliz que você também já tenha ido lá. É um lugar legal. Eu, hum... eu só não sei se estou pronta para voltar lá.

– A comida não é tão boa? – ela pergunta, arqueando uma sobrancelha perfeitamente desenhada.

Eu rio um pouco. Ela é engraçada. Não tinha percebido.

– Como você, hum... como você soube sobre mim? – eu pergunto, esperando não parecer tão óbvia.

– Eu não estava tão certa. Apenas tinha esperança. Além disso, você nunca elogia o doutor Cláudio, quando ele aparece na televisão. Sendo objetiva, ele é um homem muito atraente.

Ela diz isso com tanta facilidade – como se estivéssemos falando sobre a coisa mais normal no mundo.

– Eu não sei se estou pronta para jantar com outra pessoa no Restaurante Javan – admito.

Ela sorri para mim.

– Já tive meu coração partido uma vez.

Deus, sou tão transparente! Ela toca meu tênis com o dela em solidariedade.

– Sahar!

Eu me viro e vejo Reza, ao lado da Mercedes, parada em fila dupla. Ele parece cansado, confuso e até mesmo assustado. Eu estremeço ao vê-lo.

– Quem é ele? – Taraneh pergunta.

Eu deveria apenas dizer que ele não é ninguém e continuar andando com ela. Fiz o meu melhor para esquecer tudo sobre os últimos seis meses. Não falei com Nasrin desde o casamento.

– Quer que eu fique aqui com você? – Taraneh oferece, preocupada com a minha segurança.

Estou surpresa que nunca tenha percebido qualquer atenção especial da parte dela antes de hoje. Terei que perguntar em outra ocasião como Taraneh curou seu coração partido. Eu a beijo em ambas as bochechas, me despeço e caminho até Reza.

– Sahar, desculpe incomodá-la. Sei que está ocupada com os estudos, mas eu... é Nasrin.

– Ela se machucou? Ela está bem? – estou entrando em pânico agora. Ela é egoísta demais para machucar a si mesma. Não é?

– Ela não se machucou. Mas ela... Ela anda chorando muito, e eu não sei o que a está incomodando. Ela não quer me dizer. Estávamos bem até uma semana atrás. Eu não sei como fazer com que ela se abra. – Talvez finalmente tenha se dado conta de tudo que fez. – Você poderia, por favor, ir vê-la?

Não. Está terminado. Ele deveria tomar conta dela agora. Ele é o marido de Nasrin. Não sou mais nada para ela. Isso não é uma boa ideia.

– Por favor – ele diz. – Você é a melhor amiga dela.

Tudo volta como uma enxurrada. Todos os nossos aniversários; todas as nossas festas de Ano-Novo; o quarto de mamãe no hospital; eu assistindo Nasrin dançar; ensinando matemática para ela; ela me abraçando quando o mundo parecia insuportável. Ela esteve presente em todos esses momentos.

— Vamos — eu digo e Reza corre para a porta do passageiro, abrindo-a para mim.

Ele rapidamente assume a direção e acelera o carro, cantando os pneus e quase colidindo com dois táxis. Esse estilo de direção é típico em Teerã, mas eu nunca tinha visto Reza dirigir assim.

— Droga de congestionamento!

Ele aperta a buzina tão logo entra na autoestrada. O rádio do carro toca música iraniana clássica.

— Nasrin odeia música clássica — eu digo a ele.

Reza olha para mim confuso.

— Ela me disse que adora música clássica.

É claro que ela disse.

— Ela mentiu para você.

Eu gostaria de dizer a ele sobre todas as outras coisas a respeito das quais Nasrin mentiu. Ele está segurando o volante com mais força agora e me avaliando enquanto esperamos o tráfego andar. Eu volto a olhar para ele, esperando que faça a pergunta. Ele não pode mais me machucar.

— Por que você estava na clínica? — ele pergunta, como se não soubesse.

Ele quer uma confirmação de todos os pensamentos que tem tentado manter afastados? Será que eu quero lhe dar essa satisfação?

O tráfego finalmente está fluindo. Um caminhão carregado com melancias está no acostamento, e globos verdes de tamanho variado estão espalhados pela rampa de saída. Eu mordo a bochecha para não falar todas as coisas que gostaria de revelar, como "Eu sei que você é legal, mas eu não o suporto" ou "Acho sua mulher muito gostosa, seu babaca idiota".

– Isso não tem mais importância.

Você venceu, Reza. Eu perdi. Fim de jogo. Ele acelera e pega a saída seguinte, aquela que leva a todas as casas luxuosas, com grandes portões de ferro.

– Eu amo Nasrin – ele diz. – Sou dedicado a ela, mesmo quando, às vezes, o comportamento dela é... irracional. Sei que ela teve uma vida antes de mim, e eu preferiria não saber nada sobre isso. – Ele engole em seco. Sua incerteza não me traz satisfação.

Nós nos aproximamos do portão da casa e Reza o abre com um controle remoto. A vida de privilégios – a mansão parece uma prisão. Uma deslumbrante, grande e glamorosa prisão, com uma princesa presa dentro. Ele estaciona o carro. Depois, continua sentado, batucando os dedos no volante. O príncipe galante ainda tem que desmontar de seu cavalo para salvar o dia.

– Odeio não poder confortá-la ou fazê-la feliz o tempo todo.

Eu realmente espero que ele não comece a chorar, ou será extremamente desconfortável.

– Nada é sempre perfeito – murmuro. – Principalmente com Nasrin.

Ele ri do que acabo de dizer, e eu acho que ele já percebeu o quanto Nasrin pode ser mimada. Principalmente quando ela quer uma coisa que não pode mais ter.

– Ela sente falta da melhor amiga. Você a conhece melhor do que ninguém. Talvez você a conheça melhor do que ela mesma. Então espero que, quando eu convidar você para entrar em nossa casa, você aja de maneira adequada.

O príncipe não está aqui para salvar a princesa. Ele foi recrutar o bobo da corte para fazer o trabalho. Eu assinto com a cabeça enquanto ele destrava o cinto de segurança e abre a porta. Eu não espero que Reza abra a minha porta, embora ele esteja correndo e contornando o carro para fazer isso.

Eu olho para a casa adornada. Não é tão bonita quanto a dos Mehdi, mas chega perto. Estou pronta para escalar as muralhas do castelo. Reza me conduz para dentro. O piso de mármore provavelmente custou mais do que quinze anos de aluguel da oficina de *Baba*.

– Ela está em nosso quarto – Reza diz.

Nós subimos pela escadaria de mármore. É um pouco demais, até para Nasrin. Nós paramos diante de uma esplêndida porta de mogno, e Reza bate, sem fazer muito barulho.

– *Azizam*, sou eu. Pode me deixar entrar?

Sem resposta. Reza apoia a cabeça na porta e suspira. Eu imagino que ele esteja fazendo isso há muito tempo. Ponho a mão no ombro dele e gentilmente tento tirá-lo dali. Ele se afasta da porta e recua pelo corredor, ficando fora de vista.

– Nasrin? – eu a chamo gentilmente. – Reza me disse que faz alguns dias que você não fala com ele. Ele está preocupado com você. Estou aqui. Me deixe entrar. *Por favor.*

Ela abre a porta e seu rosto está manchado de lágrimas. Deve ser algo bem ruim. Ela não está usando nenhuma maquiagem. Nasrin volta para a cama e se encolhe em posição fetal, ela parece menor e fica de costas para mim. As luzes estão apagadas e lenços de papel amassados estão jogados por todo lado perto do criado-mudo.

— O que você está fazendo aqui? – ela resmunga.

— Reza. Ele me trouxe.

— Ele foi te buscar para dar um jeito em mim? Que idiota. – Nasrin diz essa última parte sem poder acreditar.

Não a culpo. Eu me sento na beira da cama, olhando para sua forma encolhida. Vê-la tão desamparada me deixa nauseada.

— Faz meses que não vejo você – ela diz. Foi algo que nós decidimos juntas. Tornaria a mudança mais fácil, para as duas. – Você sentiu a minha falta? – A voz dela soa desesperada.

Eu me deito perto de Nasrin e a abraço, suas costas contra o meu peito, seus cabelos desarrumados e despenteados roçando meu rosto.

— Senti sua falta o tempo todo todos os dias, sua pirralha mimada.

Ela faz um barulho que eu acho que é uma risada. Aceitarei qualquer barulho que ela queira fazer.

— Isso vai acabar? – ela pergunta. – Sentir falta uma da outra?

Eu penso em quanto senti falta de mamãe. Eu ainda sinto, embora não seja de forma tão aguda quanto costumava ser.

— Vai diminuir – sussurro. – O suficiente para que a vida continue. Daqui a um ano você nem vai pensar em mim.

Ela se vira em meus braços e olha para mim, puxando um cacho do meu cabelo.

— Não diga bobagem, Sahar. Você é inteligente demais para isso.

Ela enrola meu cabelo no dedo e depois o desenrola. Eu não a beijo. Aqueles dias acabaram. Ela é sua amiga agora. Seja amiga dela.

— Estou grávida.

Ela começa a chorar. Eu fico paralisada por um momento, me assegurando de que não vou me encolher com medo ou vomitar.

– Reza sabe? – eu pergunto tremendo.

Ela nega com a cabeça. Ele vai ficar muito emocionado e ela não está pronta para isso.

– Não é isso que você queria? Uma família só sua?

Ela começa a soluçar agora, soluços guturais que fazem o seu corpo todo estremecer. Tento confortá-la da melhor maneira que eu posso, abraçando-a forte e acariciando seus cabelos. Por fim ela se acalma o suficiente para falar.

– Quando o médico me disse, eu desejei que você estivesse lá comigo. Eu já amo este bebê, não importa se é menino ou menina, mas ele não vai saber o que você significa para mim. A melhor pessoa que eu conheço não vai mais estar perto de mim. E de repente tudo pareceu um grande erro. Você é a pessoa com quem eu deveria envelhecer. E eu não posso.

Nós duas estamos chorando agora. Minhas lágrimas deslizam, rápida e silenciosamente – sem soluços. Ela sempre precisa me superar quando se trata de fazer um drama.

Nasrin está até o pescoço nisso agora, e Reza jamais deixará que ela leve o bebê embora. Se eles se divorciarem, a guarda será dele. Eu não valho isso. Eu me sentiria culpada pelo resto da vida e, de qualquer maneira, Nasrin jamais desistiria da criança.

Eu espero que seja uma menina. Deus, ela vai ser linda!

Enxugo minhas lágrimas com uma mão e me afasto de Nasrin. Ela vai ficar bem quando o bebê nascer, o amor pelo filho ofuscará qualquer outro. Eu tenho que ser a mais forte. Como quando éramos crianças.

– Você sempre será uma parte de mim, Nasrin.

Ela tenta recuperar o fôlego entre os soluços e olha para mim com desejo. Eu balanço a cabeça.

– Não como éramos antes, mas pode ser o suficiente. *Tem que ser o suficiente.*

Eu não hesito, não gaguejo, não sinto que estou dizendo a coisa errada. Não importa mais. *Eu* não deveria importar mais.

Nasrin franze a testa. Eu sorrio um pouco e digo:

– Você está olhando para mim como eu olhava para você.

Ela faz uma careta quando ouve *olhava*, no passado. Eu finjo que não percebo, para o bem de nós duas.

– Lamento muito – Nasrin diz. Ela finalmente se desculpou. Não me dá a satisfação que eu achei que daria.

Eu seguro a mão dela.

– Não lamente – eu digo. – Estou ansiosa para ser tia. Sob a supervisão de Reza, de qualquer forma.

Nasrin ri. Nós duas sabemos que ele fará qualquer coisa que ela queira, e poderei visitá-los sempre que quiser. Ela olha para nossas mãos unidas. Eu seguraria a mão de Nasrin para sempre, se pudesse.

Mas não posso. Então a solto. Eu a amo, e preciso deixá-la ir.

Agradecimentos

Chris Lynch, por ser o senhor Miyagi para o meu Daniel-san e acreditar em mim; Elise Howard, por mudar a minha vida e se mostrar um incrível ser humano em todos os aspectos; Chris Crutcher, Tony Abbott, Amy Downing, pela generosidade; minha agente Leigh Feldman da Writer's House e Ken Wright, por ter nos apresentado; Emily Parliman e Jean Garnett, por todo o seu trabalho; Algonquin Books, por apostar nesta história; o programa de mestrado em belas-artes da Lesley University; todos os professores que eu já tive (até os de matemática); e meus amigos e família.